이솝

True Friends

이솝
True Friends

아오키 가즈오 **지음**

홍성민 **옮김**

꿈터

이솝

Text Copyright ⓒ2001 by Office Aoki
Illustrations copyright ⓒ2001 by Satoko YOSHIKAWA
First published in Japan in 2001 under the title "AESOP" by KIN-NO-HOSHI SHA Co., Ltd.
Translation Copyright ⓒ2005 by Yewon Media Publishing Co.
Korean translation rights arranged with KIN-NO-HOSHI SHA Co., Ltd.
Through Japan Foreign-Rights Centre & Imprima Korea Agency

_차 례

배고픈 여우

"우리들 게임도 이제 슬슬 끝이 보이는 것 같아."

지하철이 학교 앞 역을 출발하자 쓰쓰미 야스유키가 심각하게 말했다.

"5학년 바다 반에서 타로 녀석들이 하는 짓은 규칙 위반이야. 타로의 폭주를 막지 않으면 너나 나나 걔들과 같은 편이 되는 거야."

지하철은 요코하마를 향해 속도를 높이며 크게 커브를 돌았다. 순간 야스유키의 마른 몸이 휘청하고 흔들렸다. 다치카와 쇼고는 얼른 야스유키의 팔을 잡았다.

"나도 조금은 심하다고 생각하지만……."

작은 소리로 말하면서 쇼고는 주위를 둘러보았다. 차 안은 집으로 돌아가는 가에데 학교의 초등학생과 중학생들로 꽉 차 있었다.

창 밖으로 스치는 5월의 초록이 눈부셨다.

"엄연한 왕따야. 교과서에 낙서하고, 공책을 감추고, 운동화를 변기에 던지고. 게다가 마무리로 로커에 가두기까지 하잖아. 우리가 하는 장난의 수준을 넘고 있어."

작은 체구의 야스유키는 까치발로 겨우 손잡이를 잡고 있었다. 등에 맨 책가방이 무거워 보였다. 동의를 구하듯이 야스유키는 쇼고를 쳐다보았다. 타로의 행동에 화가 난 야스유키의 눈은 평소보다 반짝거렸다.

"난 잘 모르겠어. 타로가 만든 '장난 게임'일지도 모르잖아. 걔 나름대로 생각이 있을 수도 있고, 그리고 왕따 당하는 녀석에게도 사람을 귀찮고 짜증나게 하는 점이 있을지도 몰라."

간사한 대답이다. 쇼고는 말하면서도 부끄러웠다. 얼굴이 근질근질했다. 반에서 왕따 당하는 아이가 있다는 것은 쇼고도 알고 있었다. 그러나 끼어들 생각도 없고, 말조차 꺼내고 싶지 않았다.

선로 주변의 주택가에는 알록달록한 봄꽃들이 활짝 피어 있었다.

건널목의 신호음이 가까워졌다가 다시 멀어졌다.

멍하니 창 밖을 보면서 쇼고는 누나인 아유를 생각했다.

아유는 초등학교 때 친구들에게서 왕따를 당했다. 아유가 초
등학교 3학년이고 쇼고는 다섯 살 때였다. 아버지 신지와 어머
니 마리는 아유가 왜 왕따를 당하는지, 무엇이 문제인지 알아보
려 하지도 않고 서둘러 아유를 전학시켰다. 그리고 쇼고를 수
준 높기로 유명한 사립학교인 가에데에 입학시키려고 안간힘
을 썼다. 신지와 마리는 '사립학교에는 왕따 같은 것은 없다' 고
단순하게 믿고 있었다. 쇼고는 그런 부모의 기대를 저버릴 수 없
었다.

왼쪽 볼에 야스유키의 강한 시선이 느껴졌다.

쇼고는 가슴이 답답해서 크게 한숨을 내쉬었다.

"그럴까? 왕따는 왕따 시키는 쪽에 문제가 있다고 생각하는
데."

야스유키는 불만스러운 듯이 입을 쭉 내밀었다.

"게다가 우리의 '장난 게임' 도 그런 저질은 아니었어. 시계탑
에 오르거나 출입금지 지역을 탐험하는 거였지. 그리고 그거."

야스유키는 쇼고의 옆구리를 쿡 찌르며 웃었다.

쇼고와 눈이 마주치자 둘은 짠 것처럼 동시에 말했다.

"학장에게 웨딩드레스!"

그 일을 생각하고 둘은 킥킥대며 웃었다.

가에데 학교의 교문 앞에는 초대 학장의 동상이 위풍당당하게 서 있다. '장난 게임'의 멤버들은 그 동상에 바자에서 산 웨딩드레스를 입혔다.

"완전 통자루였어."

생각만 해도 쇼고는 웃음이 났다. 넓은 학교의 여기저기에서 유치원생부터 대학생까지 몰려들어서는 다들 배를 잡고 웃어 줬다.

"우리가 한 건 그런 창의력의 체험학습 같은 거야. 하지만 왕따는 차원이 달라."

야스유키는 단호하게 말했다. 그리고 똑바로 쇼고를 쳐다봤다.

"도가와 타로, 요즘 정도가 심해. 위험해, 멈추게 하지 않으면. 우린 친구잖아."

지하철이 다리 위를 달렸다.

다마 강의 잔잔한 수면이 창 밖 가득 펼쳐졌다.

왜 저렇게 남의 일에 흥분하는 걸까. 쇼고는 야스유키의 야무진 얼굴을 보며 생각했다. 야스유키가 고개를 돌렸다. 티 없이 맑은 눈으로 쇼고를 보았다. 야스유키의 용기가 쇼고의 마음에도 조금씩 전해졌다.

"알았어. 그런데 어떻게 할 작정이야?"

"타로에게 '게임 오버'를 선언할 거야. 왕따를 게임이라고 생
각했다면 그것으로 타로도 정신 차리겠지."

쇼고의 머리에 주의를 알리는 신호등이 깜빡거렸다. 야스유
키의 말이 맞다. 그러나 타로는 그렇게 간단히 정신을 차릴 녀
석이 아니다. 쇼고는 무서웠다.

"그게 먹힐 것 같아? 그냥 내버려두면 돼. 우리는 관계없잖
아."

쇼고는 소리를 낮췄다. 야스유키는 고개를 갸웃거리며 쇼고
를 올려다보았다.

"무슨 소리야. 우리 반에서 일어나는 사건이야. 관계없는 게
아니지 않아?"

"그건…… 그렇지만……."

─ 다른 사람의 문제를 생각할 만한 여유가 내게는 없어.

쇼고는 애써 말을 삼켰다.

"친구가 잘못해서 문제아가 되려고 하는데 넌 잠자코 보고만
있을 거야?"

"그건……, 우리가 말한다고 해서 타로가 들을 것 같아? 그리
고 왕따인지 아닌지도 잘 모르잖아."

그렇게 말하면서 쇼고는 자신이 한심해졌다. 내가 대체 무얼 말하려는 걸까. 누구에게 무슨 말을 하고 싶은 걸까. 가볍고 의미 없는 말이 입 주위에 달라붙어 있는 것 같았다. 쇼고는 오른쪽 손등으로 입 주위를 세게 문질렀다.

정차한 역에서 내린 같은 반 친구가 짓궂은 얼굴로 양손을 흔들었다. 야스유키와 쇼고는 웃으면서 손을 흔들어 보였다.

발차 벨이 울렸다. 문이 닫히고 지하철이 움직이기 시작했다.

"옛날에 배고픈 여우가 있었습니다."

갑자기 야스유키가 말했다. 지하철의 진동으로 야스유키의 목소리가 떨렸다.

"뭐?"

얼굴을 찌푸리는 쇼고를 보고 야스유키는 눈을 크게 뜨며 말했다.

"이솝우화에 그런 이야기가 있어, 알아?"

몰라, 하고 쇼고는 고개를 가로 저었다. 야스유키는 생글거리면서 이야기를 시작했다.

"배고픈 여우가 숲속에서 포도나무를 발견했어. 아주 맛있게 생긴 포도를 보고 여우는 크게 기뻐했지. 그런데 포도나무가 너무 높아서 손을 뻗어도, 깡충깡충 뛰어도 딸 수 없는 거야. 자,

여우가 어떻게 했을까?'

익살스런 목소리로 말하고 야스유키는 쇼고의 대답을 기다렸다.

"배가 고픈 거잖아. 그러니까 나무 덩굴로 줄사다리를 만들거나, 아니면…… 그래, 다람쥐나 원숭이의 도움을 받거나, 뭐 그러지 않았을까?"

포도나무를 올려다보는 배고픈 불쌍한 여우를 상상하면서 쇼고는 말했다.

"땡! 틀렸습니다. 여우는 포기해 버려. 하는 수 없지, 저렇게 높은 곳에 달려 있는 걸 어떻게 따. 게다가 저 포도가 정말로 단지 어떤지 알 수도 없고. 됐어, 이걸로. 그런 식으로 자신을 위로하고는 계속 그렇게 배고픈 채로 있어."

야스유키가 씩 하고 웃었다.

"비슷하지 않니? 누구하고 말야. 안 그래, 여우 씨?"

정곡을 찌르는 야스유키의 말에 쇼고의 등에 식은땀이 흘렀다.

야스유키는 재미있다는 듯이 웃고 있었다.

쇼고는 야스유키의 페이스에 완전히 말려들었다.

지하철이 미끄러지듯이 요코하마 역내로 들어갔다.

노선 가운데 이용객 수가 가장 많은 역이다. 야스유키의 집은 역에서 걸어서 몇 분 안 되는 곳에 있고, 쇼고의 집은 지하철을 갈아타고 15분 정도 더 가야 했다.

야스유키와 쇼고는 사람들의 흐름에 떠밀리듯이 지하철에서 내렸다. 같은 학교 교복을 입은 아이들 몇 명이 뒤를 따라 내렸다. 심장이 약한 야스유키의 걸음에 맞춰 쇼고는 천천히 계단을 올라갔다.

휴우, 하고 야스유키가 크게 한숨을 내쉬었다. 콧잔등에 땀이 송송 맺혀 있었다. 쇼고는 야스유키의 가방 밑으로 손을 넣어 눈치 채지 못하게 살짝 들어올렸다.

"역시 타로에게 말하는 게 좋을까?"

계단을 다 올라갔을 때 쇼고가 야스유키를 보고 말했다.

"너 타로가 무섭니?"

숨을 고르고 나서 야스유키가 말했다.

"흐- 음."

쇼고는 잠깐 말을 잇지 못했다.

"타로 하나라면 별것 아니지만."

도가와 타로 뒤에는 늘 세 명이 그림자처럼 붙어 다닌다. 야스유키, 쇼고와 함께 '장난 게임'을 했던 아이들이다. 가장 성가신 것이 고지마 료. 못된 쪽으로 머리가 잘 돌아갈 뿐더러 말솜씨가 뛰어나다. 쓰다 마사히로는 얌전하긴 한데 타로에게는 무조건 복종이었다. 야마다 요헤이는 덩치가 크고 팔 힘도 세다.

"4학년 때까지는 꽤 재미있었는데. 왜 그렇게 됐지?"

"타로 녀석들 변했어. 왠지 허전하고 쓸쓸해."

야스유키는 정말로 허전해하는 것 같았다. 타로를 생각하는 야스유키의 마음이 쇼고에게도 전해졌다. 친구를 생각하는 야스유키의 넓은 마음에 쇼고는 가슴이 아팠다.

둘은 개찰구를 향해 계단을 나란히 내려갔다.

우르르 계단을 올라오는 사람들로 야스유키의 마른 몸이 튕겨 나갈 것만 같았다.

"위험해요, 좀 조심하세요."

야스유키가 다부진 목소리로 소리쳤다. 파도처럼 밀려오는 사람들의 물결은 조금씩 야스유키를 피해 지나갔다. 쇼고는 놀라서 야스유키를 보고 감탄한 듯이 말했다.

"대단하다. 넌 무서운 게 하나도 없는 것 같아."

"그렇지 않아. 몸이 약해서 병도 무섭고, 화난 엄마는 더 무서워."

의외의 대답에 쇼고는 자기도 모르게 입이 벌어졌다.

"야스유키, 너도 엄마가 제일 무서워?"

"정말 대단하거든, 화나면. 아빠도 엄마한테는 못 당해. 엄마가 화내면 난 아무 생각 없어, 머릿속이 하얗게 된다니까."

16

나랑 똑같다. 쇼고는 어쩐지 안심이 되었다. 자존심 강한 야스유키가 엄마 앞에서 고개를 숙인 채 야단을 맞고 있다니 상상만 해도 재미있었다.

"네가 안절부절못하는 모습을 꼭 보고 싶어."

야스유키의 약점을 알고 나니 쇼고는 갑자기 기운이 났다.

"왜 그래. 내가 엄마를 무서워하는 게 그렇게 이상하니?"

야스유키는 얼굴을 붉히며 고개를 갸웃거렸다. 쇼고는 어깨를 들썩이며 웃었다. 그런 쇼고를 보고 야스유키도 따라 웃었다.

상행선 플랫폼에서 발차 벨이 울렸다.

지하철에서 내린 사람들이 계단의 오른쪽으로 몰려 올라왔다. 쇼고는 야스유키와 조금 거리를 두었다. 그때였다.

"으앗."

야스유키가 비명을 질렀다. 붕 하고 야스유키의 몸이 허공을 날았다.

"앗."

쇼고는 놀라서 숨을 죽였다. 야스유키의 몸은 빙글빙글 돌면서 계단을 굴러 아래로 떨어졌다. 딱딱한 콘크리트와 야스유키의 몸이 부딪치는 둔탁한 소리가 났다.

"야스유키!"

계단에는 야스유키의 가방에서 쏟아진 교과서와 공책이 어지

럽게 흩어져 있었다. 쇼고는 그 자리에 얼어붙고 말았다. 다리가 후들거려 서 있는 것도 힘들었다. 갑자기 누군가 팔을 잡아당겼다. 타로와 요헤이가 바로 옆에 서 있었다.

"쇼고. 빨리 와!"

낮고 작은 목소리로 타로가 말했다. 야마다 요헤이가 굵은 팔로 쇼고의 팔을 끼더니 잡아끌었다.

"야스유키가……, 큰일 났어."

긴장해 날카로워진 목소리로 쇼고가 말했다. 야스유키는 계단 아래서 몸을 웅크린 채 일어나지 못했다. 지나가던 사람들이 야스유키 주위로 몰려들었다.

야스유키 쪽을 보면서 타로는 계단을 빠른 걸음으로 내려갔다.

"자, 가자."

요헤이는 쇼고의 팔을 세게 잡아끌었다. 질질 끌려가듯이 쇼고는 계단을 내려갔다. 젊은 여자가 가방에서 쏟아져 나온 교과서와 공책을 주워 야스유키 옆으로 갔다.

"으-."

야스유키가 신음소리를 냈다. 쇼고는 야스유키를 보려고 고개를 내밀었다.

"얘, 괜찮니?"

"이름 말할 수 있어? 어디가 아프니?"

아저씨와 아주머니의 소리에 섞여 나지막이 대답하는 야스유키의 목소리가 들렸다.

"팔 놔. 야스유키한테 가야 해."

쇼고가 말하자 요헤이는 힐끗 타로를 보았다. 타로는 뒤도 돌아보지 않고 앞서 걸어갔다.

"구급차를 불러야겠어, 구급차!"

"역무원이 올 거니까 좀 참아."

"팔이 부러진 것 같은데, 움직이지 마라."

쇼고는 다리를 벌리고 버티려고 했지만 요헤이의 힘에 당할 수가 없었다. 눈물이 소리 없이 흘러내렸다. 입꼬리가 실룩거렸다.

— 야스유키…… 정말 다행이야, 죽지 않아서…….

"야스유키!"

쇼고는 울면서 소리쳤다. 깜짝 놀란 듯 요헤이는 쇼고의 팔을 난폭하게 잡아끌고 뛰기 시작했다.

"요헤이, 왜 이래, 이거 놔. 왜 야스유키를 두고 가는 거야."

— 왜 얘들은 나를 데리고 가는 걸까. 야스유키가 저 지경을 당했는데…….

쇼고는 타로와 요헤이의 행동에 말할 수 없는 두려움을 느꼈다.

"기다려!"

야스유키 옆에 있던 아주머니가 벌떡 일어나 소리쳤다.

"거기 가에데 학교 학생! 기다려. 이 애, 네 친구잖아!"

가슴이 덜컥한 듯 갑자기 요헤이가 걸음을 멈췄다. 아주머니의 목소리가 플랫폼에 울렸다.

"다친 친구를 두고 가다니, 사람이 할 짓이 아니지. 기다려!"

"죄송해요, 죄송해요……."

쇼고는 뒤돌아보며 소리쳤다. 쇼고를 쳐다보는 아주머니와 시선이 마주쳤다.

"요헤이, 빨리 와!"

앞에서 타로가 소리쳤다. 요헤이는 쇼고의 팔을 있는 힘껏 잡아끌더니 다시 뛰기 시작했다.

역 앞 서쪽 출구 광장까지 가서야 요헤이는 쇼고의 팔을 놓았다. 땀으로 범벅된 얼굴로 헉헉 숨을 몰아쉬었다. 흐느껴 우는 쇼고에게 요헤이가 말했다.

"미안해. 가슴 아픈 건 나도 마찬가지야. 야스유키는 아마 괜찮을 거야."

그렇게 말하고 재빨리 살짝 머리를 숙였다.

"알겠지만 쓸데없는 말은 하지 않는 게 좋아. 타로, 굉장히 무섭거든."

요헤이는 작은 눈으로 근처 백화점 입구 쪽을 쳐다보았다. 쇼핑 나온 사람들 틈에서 타로와 료, 그리고 마사히로가 이쪽을 응시하고 있었다.

"잊지 마."

멀어지는 요헤이의 등을 보며 쇼고는 왠지 의문이 풀린 것 같은 기분이 들었다. 몸 안쪽에서부터 진동이 일더니 온몸이 떨리기 시작했다.

야스유키를 태운 구급차가 쇼고 옆을 지나갔다. 쇼고는 교복 소매로 눈물을 닦으면서 달려가는 구급차를 지켜보았다.

눈이 따갑도록 눈부신 봄 햇살이 쏟아지고 있었다.

집까지 가는 길을 쇼고는 울면서 걸어갔다. 몸 안의 수분이 전부 눈물이 되어 흐르는 것 같았다.

여우는 포기해버려.

하는 수 없지, 저렇게 높은 곳에 달려 있는 걸 어떻게 따.

게다가 저 포도가 진짜 단지 어떤지 알 수도 없고.

됐어, 이걸로.

그런 식으로 자신을 위로하고는 계속 그렇게 배고픈 채로 있어.

비슷하지 않니? 누구하고 말야. 안 그래, 여우 씨?

나는 여우다…….

야스유키. 난 용기도 지혜도 없는 여우야…….

미안해, 널 돕지 못했어…….

정말 미안해.

난 늑대가 무서워서 구멍 속에 숨어 있던 겁쟁이 여우야.

소중한 친구가 다쳤는데도 곁에 갈 용기도 없었어.

야스유키, 날 용서해…….

두 나그네와 곰

5학년 바다 반 교실에서는 벌써 아침 조회가 시작되었다.

쇼고는 문 밖에서 크게 심호흡을 했다. 혼날 각오를 하고 살짝 교실 문을 열었다.

"늦잠 자는 바람에 늦었습니다."

숨을 몰아쉬듯 단번에 말하고 쇼고는 고개를 숙여 인사를 했다.

"네가 지각을 다 하다니 보기 드문 일인걸."

담임인 고데라 나오코 선생님은 눈을 동그랗게 뜨고 쇼고를 보았다.

"앞으로 조심해. 자리에 가서 앉아."

고데라 선생님은 별 잔소리 없이 바로 책상 위에 있는 프린트를 보았다. 어이없을 정도로 가볍게 지나가는 선생님의 태도에 쇼고는 조금 마음이 상했다. 쇼고가 자리에 앉자 고데라 선생님은 반 아이들에게 백지를 나눠주기 시작했다.

"에이— 선생님. 갑자기 쪽지시험 보는 건 비겁해요."

뒤쪽에서 타로가 일어나 소리를 질렀다.

"쪽지시험 아니니까 조용히 하고 말 들어."

고데라 선생님은 평소와 달리 무섭게 말했다. 그리고 가장 앞줄의 야스유키 자리 앞에 서더니 가볍게 헛기침을 했다.

"야스유키가 당분간 학교에 못 나오게 됐어."

고데라 선생님은 말을 끊고 미간을 찌푸렸다. 그리고 조심스럽게 천천히 입을 열었다.

"어제, 하고 길에 역의 계단에서 굴러 떨어져 팔이 부러졌대."

"네? 선생님 어떡해요?"

학습부장인 오노자와 시로가 우는 소리로 말했다. 고데라 선생님은 놀라서 시로를 보았다.

"수학경시대회가 다음 주잖아요. 천재 야스유키가 없으면 우리 반 우승은 기대할 수 없어요. 끝이에요, 끝."

학교에서 매년 개최하는 수학경시대회에서 야스유키는 1등을 지키고 있었다. 5학년 바다 반이 반 우승을 하려면 야스유키가 있어야만 했다. 선생님은 빠른 말소리로 떠들어대는 시로의 한

탄을 쓴웃음을 지으며 듣고 있었다.

"뼈만 부러진 거라면 나갈 수 있을지도 몰라. 승부는 머리로 하는 거니까. 선생님, 야스유키가 다음 주에는 나올 수 있지 않을까요? 적어도 수학경시대회 날만이라도 왔으면 좋겠는데."

시로의 걱정은 경시대회뿐이었다. 선생님은 어이없다는 듯이 고개를 설레설레 저으면서 말했다.

"아마 안 될 거야. 자세한 것은 선생님도 잘 모르지만……. 야스유키가 상당히 충격을 받은 것 같아."

선생님은 말을 골라가며 조심스럽게 이야기했다. 찬물을 뒤집어 쓴 것처럼 쇼고는 몸이 바싹 오그라들었다. 계단을 굴러 떨어지는 야스유키의 동그란 등이 바로 눈앞에 보이는 것 같아서 소리를 지를 뻔했다. 양심에 찔려 견딜 수가 없었다.

야스유키가 다친 것은 팔뿐만이 아니다. 그것 때문에 선생님이 긴장하고 있다는 것을 말끝에서 알 수 있었다.

"선생님은 지금부터 야스유키 병문안을 갈 거야. 마쓰오카 선생님이 대신 수업을 맡아주실 테니까 선생님 말씀 잘 듣고 있어, 알았지?"

4월부터 부담임이 된 마쓰오카 리나 선생님이 교실 한쪽에 서 있었다. 고데라 선생님은 마쓰오카 선생님을 돌아보며 말했다.

"마쓰오카 선생님, 부탁합니다."

"네, 걱정 마세요."

마쓰오카 선생님은 웃으며 탁 하고 가슴을 쳐 보였다. 그리고 교실 가운데로 나왔다.

"잘 해보자, 얘들아."

마쓰오카 선생님이 환하게 웃었다. 마쓰오카 선생님이 움직일 때마다 스커트의 작은 파란색 꽃들이 흔들렸다. 어두웠던 교실 분위기가 갑자기 밝아졌다.

고데라 선생님은 슬쩍 손목시계를 보고 서두르듯이 말했다.

"야스유키가 빨리 낫기를 바라는 여러분의 마음을 전하고 싶어. 지금 나눠준 종이에 각자 하고 싶은 말을 한마디씩 적어서 앞으로 내."

고데라 선생님은 그렇게 말하면서 반 아이들의 얼굴을 하나씩 보았다. 쇼고는 당황해 눈을 내리깔았다. 선생님과 눈이 마주치면 눈물이 나올 것 같았다.

"시간이 별로 없으니까 빨리 써라."

선생님의 말에 아이들은 일제히 연필을 잡았다. 쇼고도 떨리는 손으로 연필을 쥐었다.

어제 역에서 있었던 광경이 생생하게 떠올랐다. 사람들의 웅성거림. 야스유키의 비명. '기다려!' 하는 아주머니의 목소리. 그리고 말로 표현할 수 없는 공포.

– 나는 어떻게 해야 했던 걸까. 그때 무엇을 할 수 있었을까.

그런 생각을 하자 쇼고는 갑자기 속이 울렁대며 토할 것 같았다. 아랫입술을 꽉 깨물었다.

〈야스유키, 미안해. 나는 게임 오버라고 말할 수 없어. 아직도 겁쟁이 여우야. 빨리 낫기를 바란다.〉

힘들게 그 말만 쓰고 쇼고는 연필을 놓았다.

– 야스유키는 나한테 화가 많이 났을 거야. 분명히 비겁한 녀석이라고 경멸할 거야.

무겁고 괴로운 생각이 가슴을 짓눌렀다. 머리가 욱신거렸다.

"쇼고야?"

고데라 선생님이 쇼고의 얼굴을 들여다보며 말했다.

"왜 그러니? 얼굴색이 안 좋아."

고개를 숙인 채 쇼고는 갈라진 목소리로 말했다.

"화장실 가도 돼요?"

"그래, 얼른 갔다 와."

선생님도 서두르듯이 빠르게 말했다. 쇼고는 교실 밖으로 뛰어나갔다. 조금만 늦었어도 눈에 글썽이던 눈물이 뺨을 타고 흘러내릴 뻔했다.

하늘에는 시커먼 구름이 낮게 깔려 있었다. 축축한 바람이 비 냄새를 몰고 왔다.

3층에 있는 교실 창문에서 200년 된 감탕나무의 나뭇가지가 보인다. 파란 새잎으로 덮인 노목은 하늘을 향해 크게 양팔을 벌리고 있다.

창가에 기대어 쇼고는 감탕나무 가지에 앉아 있는 작은 새들을 보고 있었다. 무언가에 집중하지 않으면 견딜 수 없을 것 같았다.

마사히로와 료가 쇼고의 양옆으로 다가왔다. 쇼고의 어깨에 손을 얹고 마사히로가 부드럽게 물었다.

"야, 쇼고. 아까 야스유키한테 뭐라고 썼니?"

감탕나무 가지에서 작은 새 한 마리가 살그머니 날아올랐다. 쇼고는 작은 새의 행방을 눈으로 좇으면서 무뚝뚝하게 말했다.

"미안해, 나는 겁쟁이 여우야. 빨리 낫기를 바란다."

뜻밖의 대답에 마사히로와 료는 서로 얼굴을 마주보았다.

"겁쟁이 여우?"

이상하다는 듯이 료가 물었다. 검은 구름 속으로 날아간 작은 새는 쇼고의 시야에서 사라졌다.

"어제 야스유키가 그랬어. 변명만 하고 행동하지 않는 것은 여우와 똑같다고."

감정이 폭발하지 않게 조심하면서 쇼고는 말했다. 야스유키에게 들은 이솝우화의 여우와 포도 이야기를 하자 료는 실룩실룩 경련을 일으키는 것처럼 웃었다.

"그래? 이제 알았다. 야스유키가 충격을 받은 것은 너 때문이야."

"뭐?"

쇼고는 놀라서 얼굴을 들었다. 눈을 크게 뜨고 료를 뚫어지게 보았다. 쇼고의 반응을 즐기려는 듯이 료는 그거야, 그거, 하고 몇 번이나 고개를 끄덕였다. 쇼고와 료의 얼굴을 번갈아 쳐다보며 대답을 찾고 있던 마사히로가 더 이상 참지 못하고 물었다.

"난 모르겠어, 무슨 말이야?"

"똑같은 이솝우화에 두 나그네와 곰이라는 이야기가 있어."

료는 재미있는 발견이라도 한 듯이 자신 있게 이야기를 시작했다.

"사이좋은 두 나그네가 도중에 곰을 만나지. 그래서 한 사람은 나무 위로 올라가 숨고, 미처 도망치지 못한 사람은 죽은 척을 해. 살았는지 죽었는지 곰은 나그네의 귀와 얼굴을 쿡쿡 찌르며 확인하지. 나그네가 꼼짝도 하지 않자 곰은 포기하고 가버려."

응응, 하고 마사히로가 고개를 끄덕였다.

"생각났어. 곰이 사라진 후 나무에서 내려온 나그네가 다른 한 사람에게 묻잖아. 곰이 자네에게 뭐라고 하던가 하고."

"그래. 그래서 그 나그네가 말하지. '친구를 버리는 녀석과는 같이 여행하지 마라' 곰이 그렇게 충고해줬다고."

료는 쇼고의 얼굴을 보고, 씩 웃었다.

"야스유키는 네가 자기를 버렸다고 생각한 거야. 자존심이 완전히 무너진 거지. 아마 다시는 예전의 야스유키로 돌아가지 못할지도 몰라."

료의 말은 예리한 칼날 같았다. 가슴을 도려내는 듯한 아픔에 쇼고는 힘없이 주저앉았다.

위험한 게임

어느새 안개 같은 비가 내리고 있었다.

감탕나무 가지가 바람에 흔들렸다.

시끄러운 점심시간의 교실을 뒤로 한 채 쇼고는 멍하니 밖을
보고 있었다. 점심은 거의 먹지 않았다.

갑자기 누군가 세게 어깨를 쳤다. 뒤돌아보니 요헤이가 살집
있는 둥그런 얼굴을 들이밀었다.

"타로가 불러. '장난 게임' 을 다시 시작한대."

"난…… 됐어……."

쇼고는 기어들어가는 듯한 목소리로 말하고 시선을 떨어뜨렸
다. 다리가 덜덜 떨렸다.

"야, 됐으니까 따라 와."

요헤이가 굵은 팔로 쇼고의 목을 졸랐다. 쇼고는 필사적으로 요헤이의 팔을 뿌리치려 했지만 당할 수가 없었다.

― 게임 오버야. 더 이상 게임에는 참가하지 않아.

애써 목구멍 끝까지 냈던 용기를 쇼고는 삼켜버릴 수밖에 없었다.

"알았어."

헐떡대면서 숨을 내뱉듯이 말했다. 힘에 굴복하고 지배당하는 연약한 자신의 모습에 쇼고는 우울했다. 휘청거리는 발걸음으로 요헤이의 뒤를 따라갔다.

열린 복도 창문을 통해 은은한 꽃향기가 코끝에 전해졌다.

바람이 강해졌다.

갑자기 요헤이가 뒤를 돌아봤다. 쇼고는 움찔해 걸음을 멈췄다.

"무서웠을 거야. 학교에 나올 수 있을까?"

생각지 못한 말에 쇼고는 요헤이의 얼굴을 가만히 쳐다보았다. 작은 눈이 촉촉이 젖어 있었다. 겁먹은 듯 어깨를 움츠린 요헤이의 모습에서 그것이 야스유키를 걱정하는 말이라는 것을 알았다.

"계단에서 밀어 떨어뜨린다는 말, 농담인 줄 알았어. 그런데 진짜 한 거야, 나도 놀랐다니까. 가끔 타로는 제 감정을 못 이기고 완전히 다른 애가 될 때가 있어."

― 타로가 밀어 떨어뜨렸다…….

쇼고는 요헤이의 팔을 힘껏 잡았다.

"역시 그랬어. 타로가 야스유키를 밀어 떨어뜨렸어. 그랬어."

쇼고의 목소리가 복도 벽에 부딪쳐 크게 울렸다. 타로에 대한 의심은 목에 박힌 가시처럼 쇼고의 마음에 개운치 않게 남아 있었다. 하지만 확인할 방법이 없었다.

요헤이는 이상하다는 듯이 쇼고를 봤다.

"너, 몰랐어?"

쇼고가 고개를 끄덕이자 요헤이는 어찌할 바를 모르며 양손으로 자기 입을 막았다.

"어떻게 된 거야. 타로가 네가 다 봤다고 했는데."

요헤이는 금방이라도 울음을 터뜨릴 것처럼 말했다.

"넌 알고 있다고 생각해서, 그래서 난."

허둥대며 요헤이는 불안한 듯 주위를 둘러보았다.

"절대 입도 뻥끗하지 마. 내가 했다고 말하면 가만 안 둬."

요헤이는 주먹을 쥐어 쇼고를 때리는 시늉을 했다. 갑자기 험악한 표정으로 입을 다물고 걷기 시작했다.

시계탑 위로 올라가는 계단 아래서 타로와 마사히로 그리고 료가 기다리고 있었다.

"빨리 와. 뭐 하는 거야."

료가 소리쳤다. 요헤이는 재빨리 쇼고의 귓가에 속삭였다.

"쓸데없는 소리하면 가만 안 둬."

명심해, 하고 쇼고를 위협하듯이 노려본 후 요헤이는 세 아이들 쪽으로 걸어가 타로의 등 뒤에서 쇼고를 감시했다.

"이제 다 온 거지."

타로는 그렇게 말하고 다섯 번째 계단 위에 올라섰다.

"자, 여러분. 새로운 게임을 발표하겠습니다."

연극배우처럼 말하는 타로를 보고 마사히로와 료가 키득거렸다. 이미 줄거리는 완성되어 있었다. 긴장한 쇼고는 마른침을 삼켰다.

"마쓰오카 리나 양의 스커트를 들추는 겁니다!"

"요호- 끝내준다."

과장되게 요헤이가 외쳤다. 타로의 뱀 같은 눈이 쇼고를 보고 있었다.

"실행자는 다치카와 쇼고입니다."

네 명은 짝짝짝 손뼉을 치면서 쇼고를 둘러쌌다.

"싫어, 난······."

"네겐 선택권이 없어, 쇼고."

히죽거리면서 료가 말했다. 요헤이와 마사히로는 힘없이 웃고 있었다.

"실행 시간은 바로 다음 시간인 5교시. 음악실로 이동하는 순간을 노린다. 걱정 마, 걱정 마, 우리가 너를 도와줄 테니까."

타로는 계단을 내려와 친한 것처럼 쇼고와 어깨동무를 하려 했다. 쇼고는 긴장한 나머지 뒷걸음질을 쳤다. 타로는 눈을 치켜뜨며 쇼고를 노려봤다.

"알겠지, 쇼고."

다짐을 받듯이 말하고는 뒤에 있는 세 명을 돌아보며 씩 웃었다.

"리나 양이 어떤 얼굴을 할까. 울면 어째."

익살을 떠는 타로의 말에 요헤이가 맞장구를 쳤다.

"과연 타로야. 대단해, 기대된다. 아, 가슴이 두근대."

네 명은 쇼고를 둘러싸고 계단을 내려갔다.

음악실 복도 구석에 몸을 숨기고 쇼고는 마쓰오카 선생님이 오기를 기다리고 있었다. 파란색 플레어스커트가 복도 모퉁이를 돌아 점점 가까이 다가왔다.

"가."

타로가 소리를 죽여 말했다. 료가 튀어나갔다.

"마쓰오카 선생님. 질문 있는데요."

료는 쇼고가 숨어 있는 바로 앞으로 마쓰오카 선생님을 유도했다. 대여섯 걸음만 나가면 스커트에 손이 닿을 만한 거리였다.

"피아노 발표회에서 제가 슈만을 치게 됐어요. 그런데 도저히 모르는 부분이 있어서 선생님께 물어보려고요."

크크크, 하고 타로가 웃었다.

"료, 끝내준다. 아주 잘 하는걸."

마쓰오카 선생님은 료의 페이스에 말려들었다.

"원래 슈만은 어려워. 어떤 곡을 치는데?"

선생님은 료의 질문에 웃는 얼굴로 대답했다. 수업 시작 시간이 가까워지자 복도에 아이들이 많아졌다.

"쇼고, 네 차례야."

요헤이가 쇼고의 등을 세게 밀었다.

앞으로 기우뚱하면서 쇼고의 머리가 마쓰오카 선생님의 등에 부딪힐 뻔했다. 힐끗 뒤를 돌아보니 타로가 노려보고 있었다. 등줄기가 오싹했다.

가, 가. 요헤이가 손을 흔들어 신호를 했다.

쇼고는 질끈 눈을 감았다. 마쓰오카 선생님의 스커트 자락에 손을 댔다. 가볍게 너풀대며 스커트 자락이 위로 올라갔다.

"꺄악!"

마쓰오카 선생님의 비명이 넓은 복도에 울려 퍼졌다. 교실 문이 일제히 열리고 선생님과 학생들이 뛰어나왔다. 마쓰오카 선생님은 그 자리에 쭈그리고 앉아서 무서운 눈으로 쇼고를 노려보았다.

"용서 안 할 거야. 절대로 용서 안 해."

그렇게 말하고 울음을 터뜨렸다. 쇼고는 양팔을 축 늘어뜨리고 멍하니 서 있었다. 온몸의 힘이 다 빠진 것 같았다.

이제 어떻게 되든 상관없어…….

너무 피곤해…….

야스유키, 난 어떡해야 하니…….

나는 친구와 둘이서 여행을 떠났습니다.

여행 중에 갑자기 곰이 나타났습니다.

난 나무 위로 도망쳤고, 미처 도망치지 못한 친구는 곰에게 먹힐 지경에 처했습니다.

하지만 친구는 죽은 척을 해서 간신히 위기를 넘겼습니다.

곰이 사라진 것을 확인하고 나는 나무에서 내려갔습니다.

그리고 친구에게 물었습니다.

"놀랐지, 괜찮아?"

"응, 괜찮아."

"그런데 네 귀에 대고 곰이 뭔가 말하는 것 같던데, 뭐라고 했어?"

친구는 기분 상한 얼굴로 내게 말했습니다.

"친구가 위험한 지경에 처했는데도 자기만 살겠다고 도망치는 녀석과는 함께 여행하지 않는 것이 좋대. 미안하지만 나는 지금부터 혼자 가겠어."

쌀쌀맞게 말하고는 친구는 서둘러 먼저 가버렸습니다.

해 지는 산길에 홀로 남겨진 나는 어찌할 바를 모르고 서 있었습니다.

야스유키, 그런데 난 아직도 모르겠어.

그때 내가 어떻게 했어야 했는지를.

마법의 주문

"쇼고, 무기한 근신이래요. 학교측은 자퇴를 권하고 싶은 모양인데, 휴우- ."

마리는 그렇게 말하고 길게 한숨을 내쉬었다. 늦은 저녁식사를 하던 신지는 젓가락질을 멈추고 마리의 이야기를 듣고 있었다.

오후 늦게 마리의 직장으로 학교에서 급히 와달라는 연락이 왔다. 마리는 회사를 조퇴하고 서둘러 학교로 달려갔다. 학교측은 그 날 있었던 일을 알려주고, 쇼고에게 무기한 근신을 내리게 되었다고 설명했다.

"내가 창피해서, 얼굴에서 불이 나는 것 같더라니까."

마리는 양손으로 얼굴을 감쌌다.

"멍청한 자식. 5학년이나 되어서 무슨 짓이야, 그게."

식탁에 젓가락을 내던지듯이 놓으면서 신지가 말했다.

감정이 격해지자 눈에 눈물이 고였다.

"그런데 처분이 너무 심한 것 아냐? 이것저것 따져보지도 않고 바로 근신이라니."

신지는 안경을 벗고 거칠게 눈을 비볐다.

"본인도 인정하니까 조사할 필요도 없는 거지, 뭐."

마리는 콧물을 훌쩍였다.

"어떡해든 학교에만 있게 해달라고 부탁했는데 안 된대요. 피해를 당한 선생님이 충격을 받았고, 학교에서도 그런 성적인 장난은 엄하게 처분한다는 방침이래요. 이제 다 틀렸어."

"여선생의 스커트를 들추다니. 믿어지지 않아."

신지는 같은 말을 되풀이했다.

"이제 어떻게 해."

불안한 듯 마리가 중얼거렸다. 거실 테이블을 사이에 두고 신지와 마리는 어두운 얼굴로 이야기를 하고 있었다.

"어떡해."

다시 한 번 마리가 중얼거렸다. 신지는 안경을 고쳐 쓰거니 쯧쯧, 하고 혀를 찼다.

"여태까지 한 고생이 전부 물거품이 됐어. 애써 길을 닦아줬더니만 정말 멍청한 녀석이야."

천장을 보고 신지는 길게 한숨을 내쉬었다.

"사람들한테 뭐라고 해. 아들이 여선생의 스커트를 들춰서 학교에서 쫓겨났다고 창피해서 어떻게 말해."

마리는 오른손으로 배를 문질렀다. 따끔거리며 위가 아파 왔다. 자리에서 일어나 작은 서랍장에서 약상자를 꺼냈다.

"쇼고는 뭐해. 반성하고 있는 거야?"

신지는 턱으로 2층의 쇼고 방을 가리켰다. 마리는 약병의 상표에 시선을 고정한 채 말했다.

"한 마디도 하지 않아요. 그렇게 고집이 센 줄 몰랐어. 밥도 안 먹고, 이불 뒤집어쓰고 있어요."

"싸움에서 진 개꼴이군. 꼬리를 내리고 개집에 틀어박혀 있는 거야. 꼴사나워. 내 아들이 그렇다니, 참."

그렇게까지 말할 것 뭐 있냐는 듯이 손바닥의 알약 수를 세면서 마리는 비난하는 눈빛으로 신지를 쳐다봤다.

"집에서 빈둥거리지 않게 얼른 전학시켜. 어차피 학교에서 안 받아준다면 빨리 손을 쓰는 게 낫잖아."

차갑게 식은 반찬을 젓가락으로 찔러대면서 신지가 말했다. 증권회사에 근무하는 신지는 빠른 판단을 신조로 하고 있다. 아유와 쇼고의 교육에 대해서도 예외는 아니었다.

"긴장이 풀려 좋을 것 하나 없어. 내일이라도 자퇴서 내고 전학시켜."

약을 입에 털어 넣고 물을 마신 후 마리는 신지를 돌아보았다.

"전학할 거면 결국 구스노키 초등학교인데, 애들이 따돌리지 않을까? 아휴, 정말 지겨워. 아유 일 때문에 가기도 껄끄러운데."

신지가 내린 판단에 동의하자 마리는 마음이 편해졌다. 테이블 위의 접시에 손을 뻗어 반찬을 손으로 한 입 집어먹었다.

"내일은 중요한 회의가 있는데, 당신이 가 줄래요?"

"갑자기 어떻게 자리를 비워. 당신이 어떻게든 해봐."

식욕을 잃은 신지는 자리에서 일어나 냉장고 문을 열었다.

"하는 수 없지. 뒤치다꺼리하기 정말 힘들어."

그렇게 말하면서 마리는 머릿속으로 내일의 스케줄을 세우고 있었다.

"맥주 한 잔 하겠어?"

캔 맥주를 꺼내어 신지가 마리에게 건넸다.

"어떻게 할까. 지금 방금 약 먹었는데."

배를 문지르면서 마리는 신지를 쳐다보았다.

"스트레스 때문이야, 약 보다는 맥주가 나."

신지는 맥주 하나를 더 꺼내어 탁 하고 손잡이를 잡아당겨 땄다. 한 모금 입을 대고 마시더니 목소리를 낮춰 말했다.

"젊은 여자의 속옷에 흥미를 갖다니, 저 녀석 좀 이상한 것 아냐?"

"그런 쓸데없는 말 하지 말아요."

마리는 그 자리에서 부정했다. 차가운 맥주를 단번에 들이켰다. 마음 속 깊숙한 곳에서 마리도 불안을 느끼고 있었다.

"아유랑 달리 쇼고는 잘 할 거라고 생각했는데."

"나도 그래요. 쇼고한테는 기대를 많이 했어요. 그래서 실망도 크고 충격도 커요."

마리는 손에 힘을 주어 다 마신 맥주 캔을 찌그러뜨렸다.

"믿고 있었는데 괜히 배신당한 기분이야. 아이들에 대한 투자는 위험이 많아서 잘 생각해야 한다니까."

신지는 남은 맥주를 벌컥벌컥 들이켰다. 씁쓸한 맛이 입 안에 남았다.

"됐어. 가자."

아유가 쇼고의 귓가에 대고 속삭였다.

불이 꺼진 계단 중간쯤에 쇼고와 아유는 나란히 앉아 있었다.

거실의 문이 반쯤 열려 있어서 신지와 마리의 목소리가 그대로 새어나왔다. 아유는 어둠 속에서 몸을 움츠리고 있는 동생의 어깨를 쳤다. 쇼고의 무릎은 눈물로 젖어 있었다.

"괜찮아, 쇼고."

마리와 신지가 거침없이 말을 할 때마다 아유는 쇼고의 머리를 세게 쓰다듬었다. 쇼고는 소리를 죽여 계속 울고 있었다.

"가자."

아유는 말하고 쇼고의 어깨를 세게 쳤다. 소리가 나지 않도록 조심스럽게 계단을 올라갔다. 그대로 둘은 베란다로 나갔다.

비가 갠 하늘에는 상현달이 떠 있었다.

선뜻한 바람이 기분이 좋았다.

"내일은 맑을 거야."

아유는 쇼고의 어깨를 감싼 채 달을 올려다보았다. 쇼고는 얼굴을 들었다. 목을 빼고 서쪽에서 동쪽으로 천천히 이동해 가는 달을 쳐다보았다. 조용한 시간이 흘렀다. 쇼고의 마음에 불어댔던 바람은 빠른 속도로 힘을 잃고 있었다.

"누나."

쇼고는 아유의 옆얼굴을 쳐다보았다.

"내가 이렇게 돼서 누나 나 싫지?"

아유는 쇼고를 보고 미소를 지었다.

"아~니. 네가 뭐 변태니? 아빠랑 엄마가 하는 말은 신경 쓰지

마. 우리가 얼마나 힘든지 어른들은 몰라."

잠시 말을 멈추고, 가여운 듯이 아유는 쇼고를 쳐다봤다. 달보다 부드럽고 포근한 얼굴로 말했다.

"누가 시킨 거지?"

– 어떻게 알았을까?

쇼고는 놀라서 아유를 보았다.

"어떤 녀석이 내 사랑스런 동생을 괴롭혔어? 네 마음이 진정되면 그때 이 누나랑 같이 혼내주자."

생각지도 못한 말에 쇼고는 앙, 하고 울음을 터뜨렸다.

"괜찮아, 쇼고. 괜찮아. 누나가 있잖아."

마법의 주문처럼 아유는 되풀이해 말하면서 쇼고의 머리를 부드럽게 쓰다듬었다.

괜찮아, 괜찮아…….

쇼고는 아유가 외는 마법의 주문 덕에 조금씩 기운이 났다.

달이 천천히 동쪽으로 움직였다.

엷은 구름이 달 위로 흘러갔다.

감춰진 진실

．

토요일 오후.

고데라 선생님이 쇼고 집을 찾아왔다.

쇼고를 만나고 싶다는 고데라 선생님에게 마리는 쌀쌀맞게 말했다.

"자퇴 수속을 끝냈어요. 더 이상 할 얘기 없어요. 그 일은 더 생각하고 싶지도 않아요."

모든 것이 쇼고 때문이라고 마리는 믿고 있었다.

"돌아가세요. 쇼고를 내버려두세요. 월요일에는 새 학교에서 새로운 생활을 하게 되요. 가에데 학교와는 이제 끝이에요."

딱딱한 태도로 나오는 마리에게 고데라 선생님은 깊이 머리를 숙였다.

"정말 죄송합니다. 모든 게 제가 부족한 탓이에요."

마리는 입을 다물고 고개를 숙였다. 포기하고 돌아가려던 고데라 선생님은 갑자기 무언가 생각난 듯이 얼굴을 들고 말했다.

"한 가지, 물어봐도 될까요?"

인상을 찌푸리며 마리는 선생님을 쳐다보았다.

"아버님이나 어머님, 두 분 중 한 분이라도 쇼고가 하는 이야기를 들어주셨나요?"

마리는 고개를 가로 저었다. 쇼고는 조개처럼 입을 꽉 다물고 있었다.

"쇼고가 말을 하지 않아요."

그렇게 마리가 대답하자 고데라 선생님은 더 이상 물러서지 않을 각오로 이야기를 계속했다.

"그 날, 저를 포함해 학교측은 너무 놀라고 당황해서 일방적으로 쇼고만 나무랐습니다. 아무도 쇼고와 제대로 이야기를 하지 않았어요. 부탁이에요, 어머니. 쇼고를 만나게 해주세요."

"만나도 말을 안 할 거예요. 아주 고집에 세거든요."

마리의 말이 채 끝나기도 전에 뒤에서 아유가 말했다.

"들어오세요, 선생님."

아유는 현관의 슬리퍼를 가지런히 놓았다. 마리가 째려보자 아유는 모른 척하며 말했다.

"쇼고가 만나고 싶대요."

아유는 고데라 선생님을 쇼고의 방으로 안내했다.

"그럼, 실례하겠습니다. 고마워요."

처음 말은 마리를 향해, 다음은 아유에게 건넨 뒤 고데라 선생님은 서둘러 아유의 뒤를 따라갔다. 아유가 고개를 돌려 선생님을 보며 말했다.

"약속해주세요. 쇼고의 말을 끝까지 들어주시겠다고."

고데라 선생님이 고개를 끄덕이자 아유는 안심한 듯이 웃어 보였다. 쇼고의 방문을 노크하고 아유는 마실 것을 준비하기 위해 아래층으로 내려갔다.

"누나가 참 착하더라. 중학생?"

고데라 선생님이 말하자 쇼고는 기쁜 얼굴로 고개를 끄덕였다.

"네, 중학교 3학년이에요."

침대 끝에 걸터앉은 쇼고는 긴장해 등을 곧게 펴고 있었다. 조금 야윈 것 같았다.

솔직하고 예의 바른 아이. 마음이 약하지만 단점이라고 할 정도까지는 아니다. 과학을 잘하고 국어는 조금 부족하다. 이목구비가 반듯한 것처럼 성격도 생활도 반듯하다. 거친 행동을 보인

적이 없었다. 친한 친구는 야스유키와 타로, 또 누가 있을까.

고데라 선생님은 머릿속에 있는 쇼고에 대한 자료를 떠올려보았다. 도저히 그 따위 장난을 할 타입은 아니었다. 고데라 선생님은 쇼고 옆에 앉았다.

"대단한 체험을 했지?"

"네."

쇼고는 눈이 부신 것처럼 실눈을 뜨고 고데라 선생님을 올려다보았다.

"어떤 느낌이었니?"

"개미지옥에 빠진 개미가 된 것 같았어요."

"개미지옥?"

"네."

쇼고는 고개를 끄덕이고, 괴로운 듯이 얼굴을 찌푸렸다.

개미지옥과 스커트 들추기.

어떤 관계가 있을까.

쇼고의 옆얼굴을 보면서 고데라 선생님은 생각했다.

"마쓰오카 선생님과 개미지옥, 관계있는 거니?"

퀴즈를 푸는 것 같았다.

"직접적인 관계는 없지만……. 그래도 조금은 있어요."

쇼고는 씁쓸하게 웃었다.

개미, 친구, 학교……. 개미지옥, 도피, 공포…….

고데라 선생님은 서로의 연관관계를 생각했다. 그리고 하나의 단어가 떠오르자 고데라 선생님은 숨을 죽였다. 눈을 크게 뜨고 쇼고를 쳐다보았다.

"그래서 개미지옥에서 빠져나올 수 있을 것 같니?"

목소리가 떨렸다.

"누나도 말해주고, 또 다른 학교로 전학 갈 거니까요."

쇼고는 침착하게 대답했다. 고데라 선생님은 눈을 감고 가슴에 십자를 그었다.

"선생님, 야스유키는 어때요? 많이 다쳤어요?"

조심스럽게 쇼고가 물었다. 고데라 선생님은 깜짝 놀란 듯이 쇼고를 보았다.

"상처는 잘 회복되는 것 같아. 많이 좋아졌어. 그런데 야스유키가 좀 이상해. 그렇게 잘 떠들었는데 말이 없어졌어. 사고에 대해서도 아무 말도 하지 않는대. 야스유키가 걱정되니?"

"네."

쇼고는 아래를 내려보았다. 속눈썹이 유난히 길고 검다.

창문의 푸른빛이 도는 초록색 커튼이 바람에 날려 크게 흔들렸다.

계단 아래쪽에서 커피 향이 올라왔다.

"야스유키, 나한테 화났을 거예요."

갑자기 쇼고가 말했다.

"왜? 왜 화났을 거라고 생각해?"

"도망쳤거든요. 타로가 밀어서……. 굴러 떨어져 다친 야스유키를 내버려두고 내가 도망쳤거든요. 친구인데, 제일 친한 친구인데……. 야스유키는 이제 아무도 믿지 않을 거예요."

쥐어짜는 듯한 목소리로 말하고 쇼고는 양손으로 머리를 감싸며 울기 시작했다.

고데라 선생님은 떨리는 쇼고의 등을 부드럽게 쓰다듬었다. 마음속으로 자신을 질책했다.

– 역시, 그랬어. 왜 진작 눈치 채지 못했을까. 괴롭힘 당하는 아이나 괴롭히는 아이나 모두 마음의 상처를 갖게 되는데…… 대체 난 무얼 보고 있었을까, 무얼 했던 걸까. 가엾은 쇼고. 개미지옥에 빠져 괴로워하는 아이에게 난 모래를 덮어 구멍을 메워 버렸어……

고데라 선생님의 큰 눈에서 눈물이 뚝뚝 떨어졌다.

"미안하다, 쇼고. 미안해."

고데라 선생님은 쇼고의 등에 이마를 갖다대듯이 몸을 숙이며 말했다.

부드러운 햇살이 환하게 방 안에 쏟아지고, 벽에 걸린 뻐꾸기

시계가 째깍거리며 시간을 새기고 있었다.

쇼고가 얼굴을 들었다. 너무 많이 울어서 코와 눈가가 빨갰다.

"선생님, 이솝우화의 '두 나그네와 곰' 이야기 아세요?"

고데라 선생님은 고개를 갸웃했다. 쇼고는, '두 나그네와 곰' 이야기 그리고 역에서 있었던 일을 가능한 자세히 선생님께 말했다.

"야스유키가 다쳐서 아파하는데 나는 아무것도 해주지 못했어요. 나는 나무 위로 도망친 나그네와 똑같아요. 야스유키와는 다시 친구가 되지 못할 거예요. 나 같은 애는 친구를 가질 자격이 없어요."

쇼고의 마음속에서 뭉글뭉글 맴돌고 있던 연기가 말이 되어 밖으로 흘러나왔다. 고데라 선생님은 쇼고의 고지식함이 사랑스러웠다. 부드럽게 미소를 지으며 말했다.

"아냐. 너는 하나도 나쁘지 않아. 도망칠 수 있어. 아직 어린 애인걸, 무엇이든지 완벽하게 하려 하지 마."

쇼고는 뚫어지게 고데라 선생님을 쳐다보았다. 그 진지한 눈빛에 선생님은 주춤했다.

─ 아, 내가 그렇게 가르쳤나?

고데라 선생님은 교실에서 아이들을 가르치는 자신을 떠올렸다. 마음속에 검은 구름이 퍼져 가는 것 같았다.

– 정신 차리고 실수하지 않도록 해. 완벽한 답안을 써야 해.

– 어떤 일에서든 도망쳐서는 안 돼. 도망치면 완전히 지는 거야. 그 다음은 없어.

그리고 '아직 어린애'인 쇼고가 저지른 실수에 대해 일정 지역으로부터의 추방이라는 엄한 벌을 내렸다.

– 내가 잘못했어.

고데라 선생님은 쇼고 앞에서 사라져버리고 싶었다.

"도망쳐도 용서해줄까, 용서받을 수 있을까?"

쇼고가 혼잣말처럼 중얼거렸다. 고데라 선생님은 단호하게 말했다.

"자기 자신을 지키기에도 힘에 겨울 때가 있어."

"하지만 나무에 올라간 나그네는 친구를 잃었어요."

– 우정을 택하느냐, 목숨을 택하느냐.

고데라 선생님은 생각했다.

"그런 것 저울질하는 게 잘못이야. 만약 곰이 나를 덮쳤는데 달리 살 방법이 없다면 친구에게 소리칠 거야. 도망쳐! 너라도 도망쳐!"

눈썹을 크게 실룩대며 고데라 선생님은 말했다.

"친구라면 절대 비난하지 않을 거야."

쇼고의 어깨에 손을 얹고 고데라 선생님은 쇼고의 눈을 쳐다보았다.

"도망치는 것은 나쁜 게 아냐. 친구를 살릴 만큼의 힘이 없었던 거야. 도와주지 못했다는 괴로움 때문에 마음이 아프다면 지혜의 힘을 길러서 다음에는 확실히 도와줄 수 있도록 자신을 단련하면 돼."

쇼고의 눈이 반짝였다. 핏기 없이 하얗던 볼에도 생기가 돌았다.

"넌 아직 초등학생이야. 힘이 충분히 갖춰지지 못한 것을 부끄러워할 필요는 없어. 앞으로 천천히 배워 가면 돼."

굳어 있던 쇼고의 표정이 밝아졌다.

"선생님, 타로도 처분 받아요?"

"그랬으면 좋겠니?"

쇼고는 고개를 크게 가로 저었다.

"아뇨. 내가 말하지 않았으면 처분 안 받을 거 아네요. 선생님이 게임 오버라고 가르쳐주세요. 위험한 게임을 계속하면 자신이 파멸하게 된다고요."

"그래, 알았다. 약속할게. 타로가 선생님과 같이 생각하면서 깨달아야 할 텐데. 야스유키하고도 다시 한 번 이야기해보마."

쇼고는 고개를 끄덕였다.

"선생님, 마쓰오카 선생님께 죄송하다고 전해주세요. 창피를

쳐서 정말 죄송하다고요."

"너한테는 못 당하겠다, 쇼고. 그래, 마쓰오카 선생님께도 꼭 그렇게 전하마. 울고 소리치고 흥분하기 전에 교사로서 해야 할 일은 없었는지 생각해 보라고 할 거야. 네가 흘린 눈물을 헛되이 하진 않겠어."

고데라 선생님은 맹세하듯이 말했다. 그리고 쇼고의 눈을 보며 웃으며 말했다.

"또 이렇게 말해 둘게. 쇼고는 눈을 감고 있어서 중요한 순간은 보지 못했다고 말야."

웰컴 프렌드

"난 이소다 소마. 구스노키 초등학교 5학년 2반에 온 걸 환영해!"

생긋 웃으며 소마가 말했다. 송곳니가 빠져서 웃으니까 멍청해 보였다.

"이소다는 이솝이라고 불러주세요!"

소마의 어깨 너머로 가시와기 치리가 얼굴을 내밀었다. 짧게 올려 자른 머리. 큼직한 셔츠에 헐렁한 바지를 입고 있었다.

"나랑 이솝이 너의 웰컴 프렌드가 됐어. 잘 부탁해."

그렇게 말하더니 치리는 쇼고 옆 책상에 휙 하고 올라앉았다. 다리를 흔들면서 이리저리 쇼고를 관찰한다.

쇼고는 치리를 보았다. 하얀 얼굴에 귀여운 이목구비.

― 여자아인데 말투며 행동이 꼭 사내애 같아. '이솝'은 또 뭐야…….

신기한 것이라도 보는 것처럼 쇼고는 입을 반쯤 벌리고 치리와 소마를 번갈아 봤다. 소마는 키득키득 소리 내어 웃었다. 그리고 상체를 앞으로 내밀어 허스키한 목소리로 말했다.

"우리 반은 말야, 전학생이 오면 웰컴 프렌드라는 팀이 만들어지게 되어 있어."

가까이서 보는 소마의 얼굴에는 오래 된 상처 자국이 여러 개나 있었다.

"진짜 친구를 찾을 때까지의 임시 친구라 할 수 있지."

"모르는 것이 있으면 무엇이든지 물어봐. 음악실이나 과학실로 이동할 때든 급식 시간이든 늘 같이 있어줄 테니까."

옆에서 치리가 말했다. 주위에 있던 남자아이 중 하나가 큰 소리로 치리를 놀렸다.

"늘 같이 있어준다고? 야, 치리, 너 남자화장실에도 따라올 거야? 참아라, 참아."

남자아이들의 웃음소리와 여자아이들의 높고 날카로운 웃음소리가 섞여 교실은 장난감 상자를 뒤집어 놓은 것처럼 정신이 없었다. 교실 안에 색과 소리가 넘쳐났다. 쇼고는 현기증이 일

것 같았다.

"멍청이, 내가 거기까지 따라 가겠냐? 바보, 말도 안 되는 소리 하고 있어."

입을 내밀고 항의하는 치리의 얼굴이 빨개졌다. 소마가 금방이라도 웃음을 터뜨릴 것 같은 얼굴로 말했다.

"웰컴은 우리 반 모두의 마음이야. 오늘부터 같은 반 친구잖아. 빨리 너에 대해서 알고 싶고, 또 우리에 대해서도 빨리 알았으면 하는 거지."

쇼고는 영 거북했다. 이런 친절에 익숙하지 않았기 때문이다. 성가시다는 생각이 앞섰다.

"그거 그만두면 안 될까? 난 혼자 있는 게 훨씬 편하거든."

쇼고의 한마디에 한껏 부풀어 있던 교실 안의 공기가 단번에 꺼져버렸다. 치리는 동그란 눈을 더욱 동그랗게 뜨고 쇼고를 쳐다보았다. 몹시 마음이 상한 표정이었다.

"이숩. 난 그만둘래. 이 녀석 혼자가 좋다잖아. 우리가 귀찮다잖아."

그렇게 말하는 치리의 눈에 눈물이 글썽였다.

"치리, 안 돼. 아직 익숙하지 않아서 그럴 거야. 그렇게 말하는 건 좋지 않아."

"아니, 쟤가 먼저 그렇게 말했잖아."

날카로운 눈빛으로 쇼고를 째려보더니 치리는 고개를 숙이고 다리를 흔들었다. 교실은 갑자기 조용해지고 치리를 옹호하기 시작했다.

"모두가 생각해서 정한 거야, 그렇게 간단히 그만두라고 할 게 아냐. 가에데에서 퇴학당한 주제에 너무 제멋대로잖아. 잘 해주려던 치리가 불쌍하지 않냐?"

조금 전에 치리를 놀렸던 남자아이가 쇼고에게 따졌다. 치리의 어깨를 감싸고 우는 여자아이도 있었다.

– 뭐야, 대체 이 끈적끈적한 공기는. 숨이 막힐 것 같아.

쇼고는 정말 이상했다. 쇼고는 지금까지 사람들과 담백하게 지내왔다. 누구를 위해서 화를 내거나 누구를 위해서 운 적이 없었다. 야스유키의 사고와 자퇴라는 일로 흘렸던 눈물도 냉정히 생각해보면 자신의 공포와 불안 때문이지 야스유키 때문도 타로에 대한 화 때문도 아닌 것 같았다.

치리 때문에 화를 내고 치리 때문에 눈물을 흘리는 교실 안의 공기가 으스스하게 느껴졌다.

쇼고는 자리에서 일어나 교실 밖으로 뛰어나갔다.

그 뒤를 소마가 따라왔다. 뒤꿈치를 밟아 슬리퍼처럼 접어서 신은 소마의 실내화 소리가 찰싹찰싹 하고 복도에 울렸다. 쇼고는 복도에서 계단의 층계참으로 내려갔다. 찰싹찰싹 하는 소리도 계단을 내려와 층계참까지 따라왔다. 화를 내고 도망치려는 쇼고의 행동을 꿰뚫은 듯이 거리를 두고 찰싹찰싹 하는 소리는 계속해서 따라왔다.

쇼고가 뒤돌아 소리쳤다.

"시끄러워, 혼자 있게 해주지 않을래?"

소마는 씩 웃었다.

"그래, 알았어."

그러나 쇼고가 걷기 시작하자 다시 찰싹찰싹 소리를 내며 따라왔다.

"이상한 녀석들뿐이야, 질렸어. 가에데가 훨씬 나. 전학 같은 것 하고 싶지 않았어. 다 싫어."

혼자 그렇게 중얼거리면서 쇼고는 빠른 걸음으로 걸었다.

도서실 앞 복도는 넓고 조용했다. 통 유리로 된 창으로 한여름 같은 뜨거운 햇빛이 눈부시게 쏟아졌다.

서늘한 바람이 복도를 지나갔다.

쇼고는 복도 구석에 털썩 주저앉았다. 소마가 살그머니 옆에 와 앉았다.

"시원해."

기분 좋은 듯 눈을 감고 소마가 말했다.

쇼고는 편안해 보이는 소마의 얼굴을 보자 갑자기 화가 났다.

"이 학교는 이상한 녀석들뿐이야."

목소리에 힘을 주어 말했다. 소마는 의외라는 표정을 지었다. 그리고 조용히 천천히 대답했다.

"그래? 난 다들 평범해 보이는데."

그렇게 말하면서 소마는 웃었다. 왜 웃는 걸까. 놀리는 것 같아서 쇼고는 더욱 화가 났다.

"평범하다니 말이 되냐? 여자면서 남자처럼 말하질 않나."

이상하게 소마 앞에서는 솔직해졌다. 쇼고는 마음 안에 감춰 둔 또 하나의 자신을 드러냈다. 그동안 억눌렀던 감정이 그대로 말이 되어 흘러나왔다.

소마는 봄 햇살처럼 부드러운 눈빛으로 쇼고를 보고 있었다.

"치리 말이니? 글쎄 그러면 안 되는 건가?"

"안 된다는 게 아니라 이상하잖아, 여자 애가 그러는 게. 게다가 왜 우는 거야? 꼭 내가 울린 것 같아서 기분 나빠. 최악이야, 2반은. 구스노키에 오는 게 아니었어."

그렇게 말하면서 쇼고는 울고 싶어졌다.

ㅡ 심했어, 이런 말 하는 게 아냐.

그렇게 생각했는데도 쇼고의 혀는 제멋대로 지껄여댔다.

"정말이지 내가 있을 곳이 못돼. 너저분하고, 더럽고, 시끄러워. 다들 바보 같아. 정말 싫어. 왜 나를 내버려두지 않는 거야. 내가 있을 곳이 어디에도 없잖아……."

쇼고는 숨도 쉬지 않고 단번에 말해버렸다. 소마는 아무 말도 하지 않고 잠자코 듣고 있었다.

뜨거운 햇볕이 둘의 머리 위로 쏟아졌다.

소마는 등을 돌려 복도 벽에 기대더니 턱, 하고 다리를 내던지듯이 앞으로 뻗었다. 얼굴에서 웃음이 사라졌다. 아주 어둡고 슬픈 표정을 지었다.

"치리는 지금 두 사람의 몫을 살고 있대."

쇼고를 보지 않고 소마는 담담하게 말했다.

"사고로 오빠가 죽었어. 갑자기 일어난 일이라서 치리도 치리 부모님도 큰 충격을 받았고, 치리는 아직도 그 사실을 믿지 못하는 것 같아."

나뭇잎 사이로 들어오는 햇빛이 소마의 얼굴에 비쳤다. 이마의 땀방울이 반짝였다.

"치리는 오빠의 셔츠와 바지를 입고 오빠처럼 말하게 됐어. 두 사람의 몫을 살고 있다고 호즈미 선생님이 그러셨어."

소마의 옆얼굴 위로 담임인 호즈미 코스케 선생님의 인자한 얼굴이 겹쳐졌다. 쇼고는 시선을 멈추고 소마의 옆얼굴을 쳐다보았다.

"한동안 그렇게라도 해서 오빠의 힘을 빌리지 않으면 치리는 너무 슬퍼서 살 수 없을지도 몰라. 그래서 다들 잠자코 지켜보게 된 거야."

소마는 그렇게 말하고 한숨을 내쉬었다.

"호즈미 선생님이 그렇게 말했어?"

쇼고가 묻자 소마는 고개를 끄덕이며 웃어 보였다.

"그래서 치리가 자신을 되찾을 때까지 모두 힘이 돼 주기로 했어."

갑자기 쇼고의 가슴에 날카로운 무언가가 지나갔다. 양팔로 껴안은 무릎에 쇼고는 얼굴을 묻었다. 창피해서 제대로 소마를 볼 수 없었다.

"어려운 건 나도 몰라. 아마 치리도 모를 거야. 하지만 그렇게 하지 않으면 살 수 없다고 할까, 아무것도 할 수 없을 때가 있는 게 아닐까……. 그러니까 한번 본 것만으로 이상하다거나, 최악이라고 하지 않았으면 해. 나, 이것만 말하고 싶었어."

소마의 말은 조용히 내려 쌓이는 눈 같았다. 쇼고의 더러워진 말을 새하얗게 물들이며 쌓여간다.

"내가 너무 심했어. 무슨 말을 해야 할지……."

반성하는 쇼고에게 소마는 씩 하고 웃어 보였다.

"신경 쓸 것 없어. 네가 알아줬으니 됐어. 이제 슬슬 교실로 돌아가자."

자리에서 일어나던 소마는 갑자기 생각났다는 듯이 말을 이었다.

"저기, 네가 있을 자리 말인데, 걱정하지 않아도 될 것 같아."

소마는 그렇게 말하고 셔츠 소매를 걷어 올려 땀을 닦았다.

"우리 반 아이들에 대해서는 호즈미 선생님이 늘 지켜봐 주셔, 생각도 해주시고. 또 나랑 치리 같은 믿음직한 친구도 있으니까 네가 있을 자리 정도는 쉽게 만들어지지 않겠니?"

탁, 하고 쇼고의 어깨를 치면서 말했다. 그리고 소마는 고개를 갸웃하더니 이상하다는 듯이 쇼고를 보았다.

"난 어렵게 생각하는 건 소질 없어. 하지만 자기가 있을 자리는 누가 준비해 주는 게 아니라 스스로 만드는 것이라고 생각해. 신경 쓰지 말고, 자기가 좋아하는 것을 새로 많이 만들면 되는 것 아닐까?"

─ 그래, 그것도 한 방법일지 몰라.

쇼고는 가벼워진 마음으로 그렇게 생각했다. 엉덩이에 묻은 먼지를 탁탁, 손으로 쳐냈다.

"수업 시작했겠다, 빨리 가자."

"어? 아직 벨도 안 울렸는데."

"벨은 안 울려. 자기가 알아서 해야 해."

소마는 부드럽게 미소를 지었다.

"그런 중요한 일은 빨리 말해줘야지."

쇼고는 복도를 뛰기 시작했다. 이마에서 땀이 떨어졌다. 쇼고
는 소마의 흉내를 내어 셔츠 소매로 땀을 닦았다.

찰싹찰싹, 하고 요란한 소리를 내면서 소마가 쇼고 뒤를 쫓아
왔다.

그 날 밤 쇼고는 꿈을 꾸었다.

바닷가 모래사장에 앉아 있는 쇼고에게 아버지가 말했다.

저 파도의 수를 세 봐.

단호한 어투로 엄마가 말했다.

다 셀 때까지 쉬면 안 돼.

쇼고는 필사적으로 밀려왔다 밀려가는 파도의 수를 세기 시작
했다.

정신이 아득해질 정도로 많은 수

세다 지쳐 쇼고는 잠이 들었다.

문득 눈을 뜨니 날은 저물었고 오랜 시간이 흘렀다.

아, 어떻게 하지. 끝까지 세지 못했어.

아버지와 엄마에게 뭐라고 하면 좋지.

자신을 질책하고 시간을 원망하는 쇼고에게 지나가던 소마가
웃으며 말했다.

세지 못한 파도의 수를 아는 방법 말야?

간단해. 내일부터 다시 세면 돼.

선생님의 애인

비가 부슬부슬 내리고 있다.

쇼고와 소마는 교실 창에 이마를 대고 밖을 보고 있었다.

"비, 안 그칠 것 같아."

포기한 듯이 소마가 말했다. 배수가 잘 안 되는 운동장에는 군데군데 작은 물웅덩이가 만들어졌다.

"아-, 축구하고 싶은데. 왜 이렇게 자주 오는 거야."

"장마잖아. 비 오는 거야 어쩔 수 없지."

쇼고가 대답하자 치리는 흥, 하고 콧방귀를 꼈다.

"가에데 애들은 자기 편한 대로 듣는 모양이지? 뭐든 어쩔 수 없대. 성격 끝내준다, 끝내 줘."

쇼고는 치리의 비꼬는 어투에도 꽤 익숙해졌다. 가볍게 웃어 넘긴다.

"야, 이솝, 흙탕물 축구, 한 판 할래? 속이 후련해져."

그렇게 말하고 치리는 소마의 팔을 잡았다.

"오늘은 그만 둘래."

울 것 같은 웃는 얼굴로 소마가 말했다.

"쳇, 재미없어."

치리는 그렇게 툭 한 마디 내뱉고는 비 오는 운동장을 쳐다 봤다.

유리창에는 나무에 둘러싸인 교실이 희미하게 비치고 있다. 묵묵히 책을 읽는 반 친구의 얼굴. 조용한 점심시간. 나뭇잎을 때리는 빗소리조차 들릴 것 같았다.

"난 이런 비 오는 날은 왠지 울고 싶어져."

소마가 말했다. 치리는 걱정스러운 듯이 소마의 얼굴을 들여 다보았다. 이마에 땀이 맺혀 있다. 소마의 얼굴에서는 완전히 표정이 사라졌다.

"옛날 일이 생각난 모양이구나. 그 책을 읽어, 이솝. 기분이 조금 나아질 거야."

치리가 말했다.

"응."

소마는 순순히 고개를 끄덕이고 자리로 돌아갔다. 창가에 남겨진 쇼고에게 치리가 말했다.

"가끔 이솝, 저렇게 힘들어 할 때가 있어. 이솝은 상당히 힘든 인생을 살고 있거든."

치리의 어른스러운 말투에 쇼고가 킥, 하고 웃었다. 치리는 동그란 눈을 크게 뜨고 쇼고를 째려봤다.

"웃지 마. 너는 한 달이나 지났는데도 이솝에 대해서 아무것도 모르잖아. 실례 아니니, 그렇게 웃는 건?"

치리는 몹시 화가 난 것 같았다.

"울고 싶어져, 하고 이솝이 말했으면 보통, 왜? 라던가 무슨 일이 있었니? 하고 물어야 하는 거 아냐? 조금이라도 관심을 갖고 물어봐야지, 그게 친구잖아."

따발총처럼 몰아대는 치리의 말에 쇼고는 당황했다. 이게 본래의 치리일까. 아니면 죽은 치리 오빠의 감정일까. 그렇게 생각하면서 쇼고는 입을 반쯤 벌리고 빠르게 움직이는 치리의 입술을 쳐다보았다.

"인생에는 말이지, 도저히 끝이라고 인정할 수 없는 것들이 있어. 그래서 누군가의 도움이 필요한 거야. 바보. 그런 것도 모르면서 백 점은 잘도 맞는구나. 너 같은 멍청이는 가에데로 꺼져버려!"

목에 핏대를 세우며 한바탕 퍼부은 후 치리는 자리로 돌아갔다. 멍하니 꼼짝 않고 서 있는 쇼고에게로 반 아이들의 시선이 쏟아졌다. 책을 읽고 있던 호즈미 선생님은 고개를 들고 가만히 두 아이들을 쳐다보았다.

선생님의 시선을 피하듯이 쇼고는 창턱에 턱을 괴고 밖을 내다보았다. 희미하게 햇빛이 비치고 어느새 비가 그쳤다.

— 알려 하지 않는 것은 상대에 대한 예의가 아닐까, 그런 걸까…….

쇼고는 화가 나서 퍼부은 치리의 말을 다시 생각해보았다.

— 타로가 왜 그렇게 되어 버렸는지 나는 그 이유를 몰라. 야스유키가 어떤 기분일지 그것 역시 몰라. 5년 동안 같은 반이었지만 나는 아무것도 알려 하지 않았어. 그래서 벌을 받은 것일지도 몰라…….

소마를 왜 이솝이라고 부르는지 쇼고는 아직 그 이유를 모른다. 사람과의 거리는 상대를 아는 것으로 좁혀진다는 것을 쇼고는 치리로부터 배운 것 같았다.

"어, 비가 그쳤네."

어느새 호즈미 선생님이 쇼고 옆에 서 있었다.

"치리가 한 말 들었어. 나보고 하는 말인 줄 알고 덜컥했지."

호즈미 선생님은 쓴웃음을 지으면서 작은 소리로 말했다.

"전 그런 식의 말은 처음 듣는 거라 어떻게 해야 좋을지 몰라서."

쇼고는 자신이 당황한 이유를 솔직히 말했다.

태양이 고개를 내밀고 기온이 갑자기 올라갔다. 호즈미 선생님은 창문을 열고 자랑스러운 듯이 가슴을 폈다.

"그럴 거야. 우리 반은 다들 개성 만점이거든."

"네, 정말 그래요. 처음에는 놀랐지만."

처음 전학 온 날 치리와 있었던 일을 떠올리고 쇼고는 작게 웃었다.

"모두 저마다 고민을 안고 있어. 그렇기 때문에 망설일 것 없이 부딪치면 된다고 선생님은 생각해. 진심을 보이면서 부딪치고 그것이 받아들여지는 과정에서 안고 있던 무게도 가벼워지는 게 아닐까? 치리를 이해하고 도와주면 고맙겠다."

그렇게 말하고 호즈미 선생님은 잠시 쇼고의 얼굴을 바라보았다.

"도와주다뇨. 오히려 제가 도움을 받고 있는걸요."

"도움을 받는 것이 도와주는 것이기도 하지. 인생은 심오한 거란다."

익살스럽게 말하고 선생님은 크게 기지개를 켰다. 선생님의 긴 팔은 넓게 펼쳐진 푸른 하늘까지 닿을 것 같았다.

"아는 것이 사랑이라는 말이 있어. 너도 이제 말해주겠니? 반 아이들 모두 너에 대해 알고 싶어 해."

호즈미 선생님과 쇼고의 대화에 치리는 귀를 쫑긋 세우고 있었다. 쇼고와 눈이 마주치자 휙 하고 고개를 돌렸다.

"선생님! 가메가 우리 집에 왔어요."

갑자기 한 아주머니가 교실로 뛰어 들어오며 소리쳤다.

"네? 가메가 왔어요? 역시 비 오는 밤에 왔군요."

호즈미 선생님은 크게 기뻐했다. 교실 뒷문에 등나무로 엮은 장바구니를 왼 팔에 낀 아주머니가 생글생글 웃으며 서 있었다.

교실 구석에서 등을 구부리고 책을 읽고 있던 소마가 벌떡 일어났다. 소마는 아주머니의 장바구니를 향해 날쌔게 돌진했다. 반 아이들이 소마의 뒤를 이어 아주머니 팔의 장바구니를 둘러쌌다.

"없잖아요, 아줌마."

허리를 굽히고 장바구니 안을 보던 소마가 말했다.

"말도 안 돼지. 난 가메 못 만져."

아주머니는 어깨를 움츠리고 콧등에 주름이 잡히도록 인상을 쓰면서 말했다.

"그럼 가메는 어디 있어요?"

소마는 아주머니를 노려보듯이 말했다.

"우리 집 마당에 있어. 아마도."

"아마도라뇨. 왜 잡지 않았어요, 아줌마. 차에 치이면 어떡해요, 아이, 몰라."

억울한 듯이 소마는 치켜 올린 주먹으로 허공을 쳤다.

호즈미 선생님은 공책을 펴고 기록을 했다.

"가메를 본 것은 언제죠?"

"어젯밤 12시요."

아주머니는 정확하게 말했다.

"밖에서 딸아이 비명소리가 들렸어요. 그래서 나가보니까 현관 돌계단 앞에 가메가 있지 뭐예요. 어서 와요, 하고 말하는 것처럼 턱 하니 앉아서는 딸을 올려다보고 있잖아요. 세상에 얼마나 놀랐는지."

아주머니는 숨도 쉬지 않고 말했다. 호즈미 선생님은 교탁 안에서 지도를 꺼내 아주머니 앞에 펼쳤다.

"그러니까. 아주머니 댁이 아즈마 5번지죠."

"줘 보세요."

아주머니는 호즈미 선생님 손에서 사인펜을 빼앗았다. 그러더니 지도 앞에 쭈그리고 앉아서 큼직하게 빨간색으로 표시를 했다. 반 아이들의 머리가 일제히 지도를 들여다봤다. 쇼고도 치리 뒤에서 목을 빼고 지도를 들여다봤다.

쇼고는 바로 앞에 있는 치리의 귀에 대고 속삭였다.

"가메가 누구야?"

치리는 고개를 돌려 힐끗 쇼고를 보았다.

"선생님 애인. 도망쳤어."

짧게 말했다. 쇼고는 으응, 하고 고개를 끄덕이다가 이상한지 다시 고개를 갸웃했다.

"비 오는 밤하고 무슨 관계가 있어?"

"시끄러워."

치리는 파리를 쫓듯이 손을 저었다.

"비를 좋아해."

"그럼 돌계단 앞에서 아줌마를 올려다 본 거는?"

"그 사람 나이에 비해 키가 작아."

알 듯 말 듯 선뜻 이해가 가지 않았다. 쇼고는 치리의 등을 톡, 하고 조심스럽게 찔렀다.

"그런데 아줌마, 놀랐다고 했잖아……."

"선생님 취미가 좋다고는 할 수 없거든. 그래도 그런 말은 조금 심했어. 그치?"

동의를 구하는 듯한 치리의 말에 쇼고는 하는 수 없이 고개를 끄덕였다. 치리는 동그란 눈으로 쇼고를 보더니 서둘러 양손으로 입을 가렸다.

ㅡ 선생님도 많은 고민을 안고 있구나. 안됐다.

쇼고는 진심으로 그렇게 생각하며 선생님을 동정했다. 호즈미 선생님은 아주머니의 이야기를 들으면서 공책에 기록을 했다. 햇볕에 그을린 건강미 넘치는 구릿빛 피부. 강한 인상은 아니지만 가만히 뜯어보면 꽤 잘생긴 얼굴이다.

"선생님, 호즈미 선생님. 봤어요, 봤어, 가메를 봤어요."

메밀국수 가게의 야부하치 아저씨가 목에 두른 수건으로 땀을 닦으면서 교실로 들어왔다. 하얀 작업복을 입고 머리에는 오토바이 헬멧을 쓰고 있었다.

"아저씨, 본 게 가메뿐이었어요? 남자친구나, 아기가 같이 있진 않았나요?"

흥분하면서 소마가 물었다. 천천히 고개를 돌려 치리는 쇼고에게 속삭였다.

"이솝 너무 한다. 선생님이 속상할 거야. 가엾어라, 그치?"

응, 하고 고개를 끄덕이고 쇼고는 격려하는 눈빛으로 선생님을 쳐다보았다. 기분 탓일까, 호즈미 선생님이 어깨를 떨구고 실망하는 것 같았다. 쇼고의 눈앞에서 치리의 등이 떨리고 있었다.

"허, 거기까지는 모르겠는데. 배달 가던 중이었거든."

아저씨는 빨간 사인펜으로 본 장소를 표시했다. 어이, 하고 오른손을 들어 아주머니 쪽을 보고 인사를 하고는 아주머니를 데리고 부산스럽게 돌아갔다.

오후 수업이 시작되고 모두 제 자리에 앉았다.

"선생님, 가메 찾으러 가요. 교통사고 당하면 큰일이잖아요."

소마가 걱정스러운 듯이 말했다.

"그래, 수업 끝나면 이 부근을 한 번 찾아볼까?"

확인하려는 듯 호즈미 선생님은 빨간색으로 표시해놓은 지도를 들여다보았다. 수업이 끝나려면 아직 2시간이나 남았다. 쇼고는 자리에서 벌떡 일어나 말했다.

"선생님. 망설이지 마세요. 찾으러 가세요. 가메라는 분도 선생님이 와 주기를 기다릴 거예요."

웅성대던 교실 안이 조용해졌다. 아이들의 시선이 쇼고에게 집중되었다.

"쇼고, 가메가 누구라고 생각하니?"

호즈미 선생님은 큼, 하고 헛기침을 하고는 가능한 진지한 얼굴로 말했다.

"치리한테 얘기 들었어요. 선생님의, 그러니까 애인이라고……."

쇼고의 말이 채 끝나기 전에 웃음주머니가 폭발했다. 교실은 한바탕 아이들의 웃음소리로 들썩였다.

"웃을 일이 아닌데……."

중얼거리듯이 말하고 쇼고는 계속 서 있었다. 호즈미 선생님은 책상 서랍에서 사진 한 장을 꺼내어 쇼고가 볼 수 있게 높이 들었다.

"이것이 가메의 정체야. 추정 연령 13세. 신장 50센티."

적갈색의 커다란 두꺼비였다.

"아즈마두꺼비. 두 달 전에 수조에서 도망갔어. 그래서 동네 사람들한테도 보는 대로 알려달라고 부탁을 해서 가메의 이동 지도를 만들고 있는 거야."

거기까지 말한 호즈미 선생님은 교탁 옆에 쭈그리고 앉아서 웃기 시작했다. 교실 안은 다시 커다란 웃음보따리가 폭발했다. 일제히 터진 아이들의 웃음소리가 교실 안이 들썩거렸다. 치리는 눈물을 훔치면서 배를 잡고 웃어댔다.

쇼고의 얼굴이 새빨개졌다.

화끈대는 볼을 양손으로 감싸 쥐고 쇼고는 치리를 가볍게 째려보았다.

아이들은 계속해서 깔깔대며 웃어댔다.

호즈미 선생님이 쇼고 옆으로 걸어갔다.

"쇼고, 고맙다. 치리가 웃는 모습, 오랜만에 봤어."

호즈미 선생님은 부드러운 눈빛으로 자지러지게 웃는 치리를 바라보았다. 너무나 즐거운 듯이 웃고 있어서 쇼고도 따라서 웃음이 났다.

"이 교실은 너를 기다리고 있었어."

따뜻한 목소리로 호즈미 선생님이 말했다.

"모두 좋은 친구가 될 수 있어. 그것 때문에 이 교실이 있는 거야. 그것 때문에 너는 여기에 왔고. 그렇지 않니, 쇼고? 이곳이 네 자리야. 그렇게 생각하지 않니?"

여기가 네 자리야. 호즈미 선생님은 힘을 주어 그렇게 말했다. 쇼고의 팔을 잡은 선생님의 손의 따뜻한 느낌이 쇼고의 마음에 전해졌다.

– 여기가 내가 있을 자리다. 그래서 나는 여기에 있다.

쇼고는 다시 한 번 마음속으로 중얼거리고 크게 고개를 끄덕였다.

비 갠 후의 뒷마당

방과 후 가메 수색대가 하치만 공원에 집합했다.

소마는 포충망과 수조와 파리 몇 마리가 들어 있는 병을 갖고
왔다.

"어이, 친구. 넌 이거 들어."

소마는 쇼고에게 파리가 든 병을 건넸다.

"친구?"

되묻는 쇼고에게 소마는 진지한 표정으로 고개를 크게 끄덕
였다.

"파리 잘 들고 있어. 가메의 귀한 먹이니까."

쇼고는 병을 받아들고는 안에서 날아다니는 파리를 기분 나쁜

듯이 쳐다보았다. 바지 주머니에서 손수건을 꺼내 안이 보이지
않도록 병을 쌌다.

"아무튼 잘 들고 있어."

소마는 포기한 듯이 쇼고를 보더니 수색대를 향해 큰소리로
말했다.

"자, 5번지의 사토 아줌마 집으로 출발!"

수색대는 남자 10명, 여자 5명. 이후에 호즈미 선생님도 합류하
기로 되어 있었다. 여자 5명 가운데는 헐렁한 청바지를 입은 치리
도 있었다. 치리는 쇼고와 눈이 마주치자 킥킥, 하고 웃었다.

수색대는 사토 아주머니 집 주위를 꼼꼼히 조사했다. 짧게 손
질된 뒷마당의 잔디는 아직 비를 머금고 있어서 걸을 때마다 물
이 튀었다. 과일 나무 밑동. 화분 밑.

"비가 온 뒤니까 아직 땅 속에 숨지는 않았을 거야."

소마의 콧등에 구슬땀이 맺혀 있었다. 수조도 포충망도 다른
대원에게 넘기고 소마는 개구리처럼 땅을 기며 걸었다. 화초 잎
사이로 머리를 박고, 구멍이 보이면 과감하게 손을 집어넣었다.

"이숩, 옷 다 버려."

쇼고가 주의를 주자 소마는 흙이 묻은 얼굴을 들고 헤헤헤, 하
고 웃었다.

"이렇게 해야 가메의 기분을 알 것 같아서."

그건 그렇지만, 쇼고는 도저히 이해할 수 없는 행동이었다.

뒷마당 한쪽에 연못이 있었다.

검정과 빨강의 얼룩무늬 잉어 몇 마리가 느긋하게 헤엄을 치고 있었다. 작은 두꺼비가 퐁, 하고 소리를 내며 연못으로 뛰어들었다. 연못 주위에는 여러 종류의 풀들이 자라고 있었다. 양하, 범의귀, 머위.

치리가 쭈그리고 앉아서 머위 잎 아래를 열심히 보고 있었다.

"왜 그래, 뭐가 있어?"

쇼고가 묻자 치리는 입술에 두 번째 손가락을 갖다대고 주위를 둘러보았다. 쇼고 더러 여기를 보라는 듯이 오른손으로 손짓을 했다. 치리와 쇼고는 같이 머위 잎 아래를 들여다보았다.

커다란 갈색 두꺼비. 등의 군데군데 난 붉은색의 얼룩.

가메였다.

그늘진 머위 잎 아래에 턱 하니 앉아서 치리와 서로 노려보고 있었다.

"가메, 찾……."

소리를 지르려는 쇼고의 입을 치리가 손으로 막았다. 순간 서로의 눈이 마주치자 치리는 부끄러운 듯이 고개를 숙였다.

"어느 쪽이 행복할지 생각 중이었어."

잔디 위에 놓인 수조가 태양 빛을 받아 반짝반짝 빛나고 있었다.

"싫을 거야, 저런 좁은 곳은. 여기에는 친구들도 있을 것 같고."

가메의 시선을 피하듯이 치리는 쇼고를 보았다.

"하지만 이솝은 가메를 자기 아버지처럼 생각해. 찾지 못하면 밤까지라도 찾으려고 할 텐데, 그것도 가엽고. 어떻게 해야 좋을지 모르겠어."

치리의 어투가 미묘하게 달라졌다는 것을 쇼고는 아직 눈치채지 못했다.

"가메가 이솝의 아버지?"

"이솝의 아버지 이름이 가나메라서 사람들이 가메라고 불렀대. 이솝을 두고 아주 오래 전에 어디론가 가 버렸어."

쇼고는 가메 쪽으로 고개를 돌렸다.

앞으로 툭 튀어나온 입. 실룩실룩 움직이는 목. 축축한 등. 둥그런 눈동자와 눈이 마주치자 쇼고는 등골이 오싹해졌다. 쇼고는 벌레도, 개구리도, 뱀도, 도마뱀도 다 싫어했다. 최대한 만지고 싶지 않았다. 파리가 든 병을 들게 되었을 때부터 수색대에 낀 것을 슬그머니 후회하고 있었다. 쇼고는 치리가 눈치 채지 못하게 슬금슬금 뒷걸음질치면서 말했다.

"이솝에게 아버지가 있었구나."

그래서 가메가 아버지 대신인 거야······. 어쩐지 복잡한 사정이 있을 것 같았다.

"놓치면 이솝이 슬퍼할 텐데. 어쩌지?"

치리가 한숨을 쉬며 쇼고를 보았다.

"말하면 되지. 두꺼비에게는 행복을 느끼는 기능이 없어. 고민할 이유 없잖아."

"아냐, 그렇지 않아."

치리는 쇼고의 말이 끝나기 무섭게 반박했다.

"몸의 색과 윤기가 훨씬 좋아졌어. 빛이 난단 말이야. 생기가 있어. 살 희망을 찾은 것처럼 말이야. 그렇지, 가메?"

목을 위아래로 움직이면서 가메가 고개를 끄덕였다. 치리는 눈물을 글썽이면서 두꺼비에게 말을 걸었다. 쇼고는 치리의 몸짓과 어투가 달라진 것을 깨달았다. 숨을 죽이고 치리의 옆얼굴을 가만히 쳐다봤다. 갑자기 소마가 쓱 하고 나타났다.

"가메 찾았니?"

당황한 치리는 쇼고를 밀치고 시치미를 떼며 말했다.

"여기에는 없는 것 같아. 쇼고, 그쪽은 어때?"

치리가 밀치는 바람에 머위 잎 아래로 얼굴을 박고 넘어진 쇼고. 가메의 차가운 앞발에 얼굴이 닿고 말았다.

"꺄아— !"

소마는 치리를 밀어내고 머위 잎 아래로 얼굴을 들이밀었다. 소마의 얼굴에 환하게 웃음이 번졌다.

"아무 말 없이 사라지면 안 돼. 걱정했잖아."

부드럽게 말하더니 소마는 가메를 쓰다듬었다. 가메를 안은 손을 높이 들고 소마는 깡충깡충 뛰고 빙글빙글 돌며 기뻐했다.

"우와. 꽤 흥분했나 봐. 하는 수 없다, 이제."

포기한 듯이 치리가 말했다. 그때였다. 돌에 걸려 비틀하던 소마가 텀벙하고 요란한 소리를 내며 연못에 빠졌다. 소마가 중심을 잃으면서 놓친 가메는 다시 어디로 갔는지 보이지 않았다. 온몸이 흠딱 물에 젖었는데도 소마의 눈은 가메를 찾고 있었다.

그리고 얼마 지나지 않아 수색대는 다시 가메를 발견하였다.

사토 아주머니가 툇마루로 보리차와 수박을 내왔다.

호즈미 선생님을 중심으로 수색대는 회의를 열었다. 소마는 알몸에 커다란 목욕 수건을 두르고 가메가 있는 수조를 들여다보았다.

"불쌍한 가메. 어렵게 제 있을 곳을 찾았는데. 우리에게 가메의 행복을 빼앗을 권리가 있을까?"

골똘히 생각한 듯이 치리가 말했다. 아이들은 놀라서 서로 얼굴을 쳐다보았다. 치리의 어투가 달라졌다. 온몸으로 웃고, 화내고, 생각하는 것으로 치리의 슬픔은 조금씩 벗겨져 나갔다. 짐짓 모른 척하고 호즈미 선생님이 말했다.

"가메의 행복이라. 나도 거기까지는 생각하지 못했는걸."

흐음, 하고 일부러 선생님은 신음소리를 내면서 팔짱을 꼈다.

"소마, 너는 어떻게 생각하니?"

소마는 아랫입술을 꽉 깨물고 고개를 숙였다.

"치리의 말도 알겠지만, 하지만 가메는 제게는 특별한 존재예요. 할 수 있다면 옆에 두고 싶어요."

낮고 작은 목소리로 단호하게 말했다.

뒷마당으로 들던 해가 구름에 가려졌다.

서늘한 바람이 마당의 풀들을 쓰다듬으며 지나갔다.

"에취!"

소마가 연달아 재채기를 해댔다. 집 안에서 아주머니가 큰 목소리로 소마를 불렀다.

"소마야! 마마가 갈아입을 옷 갖고 왔다. 얼른 갈아입지 않으면 감기 걸려요, 빨리 와."

소마는 소중한 수조를 호즈미 선생님의 무릎 위에 놓았다.

"선생님께 맡길게요. 제가 올 때까지 잘 봐주세요."

그렇게 말하고 소마는 벌떡 일어났다. 그 반동으로 몸에 걸치고 있던 수건이 툭 하고 떨어졌다. 훤히 드러난 소마의 등에는 깊은 상처 자국이 나 있었다.

여자아이들이 놀라서 고개를 돌렸다. 소마는 얼굴을 붉히며 서둘러 수건을 집어 들어 몸을 가리고는 집 안으로 뛰어 들어갔다.

가메의 행복

　톳마루에 둔 수조 주위로 붕, 하고 날개소리를 내며 풍뎅이 한 마리가 날아왔다.

　가메는 둥그런 눈동자를 천천히 움직이더니 긴 혀를 날름 내밀었다. 하지만 가메의 혀에 닿은 것은 풍뎅이가 아니라 딱딱한 플라스틱 벽이었다. 풍뎅이는 여유 있게 날개 소리를 내며 가메의 눈앞을 이리저리 날아다녔다.

　무엇을 생각했던 것일까. 가메는 무거운 몸으로 플라스틱 벽을 치기 시작했다. 탁탁 하고 수조가 슬픈 소리를 내며 흔들렸다.

　- 가메가 있을 곳. 가메의 행복.

　수색대 대원들은 각자 자신에게 물었다. 모리타 준이치는 소마가 놓쳤던 가메를 제일 먼저 잡았다. 준이치는 햇볕에 검게 그을린 얼굴을 찌푸렸다.

"내가 좋아하는 로봇 스티커 1억 장을 준다고 해도 이렇게 좁은 수조 안에서 사는 건 싫어."

준이치의 말투에는 자신이 한 행동에 대한 후회가 섞여 있었다. 옆에서 가토 하루카가 고개를 끄덕였다. 단정히 땋아 내린 갈래머리가 흔들렸다.

"연못에 있던 두꺼비는 가메의 애인이었을지도 몰라. 힘들게 찾은 상대와 헤어져 혼자가 되어 버렸어. 내가 가메라면 참을 수 없을 거야."

하루카는 그렇게 말하더니 준이치를 보았다.

– 정말, 그래.

가메를 둘러싸고 있던 몇몇 아이들의 머리가 위아래로 흔들렸다. 다들 그 말에 고개를 끄덕이고 있었다. 치리는 모기에 물린 팔꿈치를 긁으면서 말했다.

"이솝한테 다시 한 번 부탁해볼까?"

"그래, 그런데 누가 이솝한테 말할 거야?"

하루카의 질문에 치리는 눈동자를 이리저리 굴리며 생각하더니 쇼고를 보았다. 쇼고는 툇마루에 걸터앉아 보리차를 마시면서 계속 고개를 갸웃거리고 있었다.

- 모두 이상해. 진지하게 두꺼비의 처지를 생각해서 뭐 어쩌자는 거야. 저렇게 작은 머리에 지성이나 감정이 있을 리 없잖아.

쇼고는 두꺼비가 된 자신의 기분 따위는 생각해보고 싶지도 않았다.

갑자기 바람이 멎었다.

보기에도 시원하게 흔들리고 있었던 나뭇잎들이 움직임을 멈췄다.

여름의 뜨거운 열기가 마당을 감쌌다.

소마는 셔츠와 반바지로 갈아입고 툇마루로 나왔다. 샤워를 한 듯 소마가 움직이자 깨끗한 비누 냄새가 났다. 소마는 책상다리를 하고 앉아 수조를 안아들었다.

"배고프지 않니? 파리 먹을래?"

가메에게 말을 걸고 수조의 작은 뚜껑을 열었다. 병에서 파리를 한 마리씩 잡아 꺼내어 수조에 넣었다. 가메는 긴 혀로 파리를 차례로 잡아먹었다. 소마는 만족스러운 듯이 웃음을 지었다.

"아, 못 보겠어."

"가메를 놓아주라고 하면, 이솝이 울지도 몰라."

서로 말을 주고받으면서 치리와 하루카가 쇼고 양옆에 앉았다.

"호즈미 선생님은 개구리 연구를 하고 있어. 그래서 3년 전에 가메를 발견하고는 교실로 데리고 왔지."

작은 목소리로 빠르게 치리가 말했다. 쇼고는 귀와 눈을 치리의 볼록한 입술에 집중했다.

"그때 이솝은 한 눈에 반했어. 가메에게 완전히 빠졌지."

하루카가 그때가 생각나는 듯이 먼 곳을 쳐다보면서 말했다.

"하루카는 뭐든지 사랑으로 연결해서 탈이야."

치리가 그렇게 말하자 하루카는 치리를 살짝 째려보았다. 잠시 입을 다물고 치리는 부드러운 눈빛으로 소마를 쳐다보면 말했다.

"가메는 이솝을 살려줬어."

소마를 보면서 치리가 말했다.

"그래, 그럴지도 몰라. 가메를 만나기 전까지는 아주 어두웠거든. 늘 혼자였어. 그런데 가메를 만난 후부터 사람이 달라진 것처럼 밝아졌어."

하루카의 말에 치리는 고개를 끄덕였다.

"가메는 이솝에게 특별한 존재야. 우리는 그걸 아니까 가메를 놓아주라고 할 수가 없어."

하루카는 양손을 마주하고 아양을 떨었다.

"그래서 쇼고 너의 힘이 필요해."

"그래, 그래. 이렇게 된 이상 믿을 건 너밖에 없어."

치리는 쇼고의 어깨를 탁 하고 쳤다. 보리차가 든 컵이 흔들리면서 하마터면 물을 쏟을 뻔했다.

"왜 나야."

곤혹스러워하는 쇼고에게 치리가 말했다.

"네가 이솝에게 말해줬으면 해. 가메의 기분을."

"못해. 난 두꺼비의 기분을 몰라. 할 수 없어."

쇼고가 거절하자 치리는 눈을 이리저리 굴리더니 짓궂게 웃었다.

"너 혹시 가메를 무서워하는 건 아니니? 아까 비명 같은 소리를 들은 것 같은데 말이야."

약점을 찔리자 쇼고는 가슴이 덜컥했다. 그래서 강한 척 말했다.

"난 두꺼비 같은 건 아무렇지도 않아. 그게 왜 무서워?"

치리는 눈을 동그랗게 뜨며 소마를 향해 소리쳤다.

"이솝! 쇼고가 가메를 안고 싶대."

"그래? 자, 여기."

소마는 기쁜 듯이 가메를 올려놓은 손을 뻗으면서 다가왔다. 가메의 등이 번들거렸다. 미끈미끈한 감촉을 상상만 해도 쇼고는 진저리가 쳐졌다.

"아니, 됐어."

슬슬 뒷걸음질 치는 쇼고의 등을 치리와 하루카가 웃으며 밀었다.

"알았어, 말할게."

뒤를 돌아보면서 쇼고가 말했다.

부탁해, 잘해, 하고 치리와 하루카가 한마디씩 했다.

"이숍. 할 얘기가 있는데. 저기, 가메는 놓고 와도 돼."

쇼고가 말하자 소마는 평소의 웃는 얼굴로 툇마루에서 내려왔다. 마당 한쪽에 쭈그리고 앉아서 쇼고는 소마에게 말을 걸었다.

"있잖아, 이숍. 가메 말이야, 여기 마당이 마음에 드는 것 같아. 친구도 생긴 것 같고. 넓은 세계를 알면 수조 안은 답답하지 않겠니?"

소마의 얼굴이 어두워졌다.

"나도 알아."

"아줌마한테 부탁해서 네가 가메를 만나러 여기에 오면 되지 않을까? 아줌마는 가메와 너의 협력자잖아. 분명 오케이 할 거야."

쇼고는 온몸에 땀이 났다. 얼굴 주위로 윙, 하고 모기가 날았다. 갑자기 소마의 손이 날아와 쇼고의 뺨을 찰싹 하고 때렸다.

"모기가 앉았어, 봐."

놀라는 쇼고에게 피가 묻은 손바닥을 내보이고 소마는 헤헤거리며 웃었다.

"나, 이곳 마당의 풀 뽑는 일을 하기로 했어. 아까 아줌마가 마당의 풀을 뽑는 아르바이트를 하지 않겠냐고 하시잖아. 한 시간에 이천 원이나 주신대. 일주일에 두 번, 한 시간씩이야. 괜찮지 않니?"

소마는 언제나 조용히 웃는다.

"마마와 호즈미 선생님에게도 물어봤어. 모두 좋대. 그래서 나도 아줌마와 약속했어. 가메와는 여기서 만나기로."

문득 생각난 것처럼 바람이 불어왔다. 나뭇잎들이 흔들리기 시작했다.

소마의 얼굴에 쓸쓸한 미소가 퍼졌다.

"나 정말 기뻐. 모두 너무 고마워. 아줌마도, 아저씨도, 마마도, 호즈미 선생님도……그리고 쇼고 너도. 저기 있는 친구들 모두."

치리와 하루카의 강한 시선을 느낀 쇼고가 뒤를 돌아보았다. 치리와 눈이 마주치자 소마가 웃었다. 웃는 얼굴인데도 소마의 눈에는 눈물이 고여 있었다.

"모두 나에 대해 신경을 써줬어. 내 기분도, 가메의 기분도 이해해줬어. 나, 지금 너무 행복해. 너무 기뻐서 눈물이 날 정도야."

쇼고의 눈을 보고 말하던 소마는 부끄러운 듯이 웃으며 눈물을 훔쳤다. 쇼고는 코끝이 찡해졌다.

– 이솝은 뭐 그런 별것 아닌 일에 감동을 하냐.

그렇게 생각하면서 쇼고는 콧물을 훌쩍였다. 깊은 감동이 쇼고의 마음속에 퍼졌다.

– 내 행복은 뭘까. 나는 어떨 때 행복을 느낄까.

쇼고는 자기도 모르게 초조해지는 것을 처음으로 느꼈다.

화분에 심어진 자귀나무가 눈을 끌었다.

가느다란 가지에 선명한 붉은 꽃이 피어 있었다. 날개 같은 꽃잎 하나가 쇼고의 발밑에 떨어졌다.

"저기, 뭐 물어봐도 되니? 말하기 뭐하면 하지 않아도 돼."

쇼고는 소마의 얼굴빛을 살피면서 조심스럽게 물었다.

"왜 가메한테 아버지의 이름을 붙였니?"

소마의 눈이 반짝였다.

"쇼고, 오늘 시간 있니? 늦으면 엄마한테 혼나지 않아?"

쇼고는 고개를 가로 저었다. 학원 수업도 없는 날이고 엄마는 출근하면서 오늘은 늦겠다고 했다.

"나랑 우리 집에 가자. 가서 얘기해."

소마는 그렇게 말하고 일어섰다.

"너무해, 둘이서만. 나도 갈래."

뒤돌아보니 치리가 서 있었다.

토라진 듯 볼을 잔뜩 부풀리고 쇼고를 째려보았다. 수색대는 다 해산했다고 치리가 말했다.

"둘이서 너무 심각한 얼굴로 있으니까 아무 말도 못하고 다 그냥 갔어."

치리는 너무 심각하다는 말에 힘을 주었다.

가자, 하고 웃으면서 쇼고가 고개를 끄덕이자 치리는 그제야 귀엽게 웃어 보였다.

"소마야, 이제 집에 가자."

툇마루에서 마마가 소리쳤다.

– 이 목소리…….

어디선가 들은 적이 있었다. 쇼고는 갑자기 걸음을 멈췄다.

"네. 친구들도 같이 가도 되죠?"

소마가 대답하자 마마는 웃으며 고개를 끄덕였다.

"미안해, 소마가 귀찮게 했지?"

밝은 마마의 목소리가 바로 옆에서 들렸다.

"얘가 쇼고예요. 지난달에 전학 왔어. 쇼고, 우리를 돌봐주시는 마마야."

소마가 말했다. 쇼고는 쭈뼛거리며 고개를 들었다.

104

마마의 눈과 마주쳤다. 강한 빛을 머금은 눈이 쇼고를 쳐다보고 있었다.

어? 하고 마마는 작게 소리를 냈다.

─ 역시 맞아. 그때 그 아줌마야.

야스유키를 도와주던 아주머니였다. 쇼고는 순간 눈을 감았다.

─ 다친 친구를 두고 가다니, 사람이 할 짓이 아니지. 기다려.

멀리까지 들리는 힘 있는 목소리. 사람들로 혼잡한 플랫폼에서 쏘아보던 강한 눈빛.

가슴이 아파 오면서 쇼고는 그때 일이 생생하게 떠올랐다.

"저기……. 저는, 저기……."

숨을 쉴 수 없었다. 가슴이 터질 듯이 두근거렸다. 마마는 부드럽게 미소를 지으며 쇼고의 손을 잡았다.

"반갑다, 난 우지오카야. 소마와 사이좋게 지내줘서 고맙다."

저절로 안도의 한숨이 나올 만큼 부드러운 목소리였다.

해가 지고 있었다. 마당을 지나는 바람이 선뜻하게 느껴졌다.

치리와 청바지

"우리 아버지 이름은 가나메야. 그래서 모두 가메라고 불렀어. 엄마도 그렇게 불렀지."

그렇게 말하고 소마는 낡은 '이솝이야기' 책을 꺼냈다. 책 옆면의 표지가 반은 찢겨 나가고 앞은 때가 타서 칙칙했다. 하얀 배를 크게 부풀린 개구리 그림이 익살스럽게 그려져 있었다.

"이솝은 이 책을 손에서 놓질 않아."

치리가 말했다. 쇼고는 책을 들어 휘리릭 책장을 넘겼다.

어린아이를 위한 그림과 글. '여우와 포도' 이야기가 나와 있는 곳에서 쇼고의 손이 멈췄다. 그리움에 눈물이 날 것 같았다.

– 옛날에 배고픈 여우가 있었습니다…….

톤 높은 야스유키의 목소리가 귓속 어딘가에서 들려왔다.

"이소다 소마가 왜 이솝이 됐는지 알고 싶지?"

치리가 그렇게 말하며 쇼고의 어깨를 탁탁, 하고 세게 쳤다.

"응, 응."

기분을 바꾸듯이 쇼고는 가볍게 대꾸했다.

"3학년 때 이 책이 이솝 책상 위에 있었어. 그걸 더럽다며 누가 교실 쓰레기통에 버렸지. 그랬더니 이솝, 완전히 제 정신이 아니었어. 책상을 차고, 의자를 던지고 난리였어. 유리창이 다 깨지고 완전 난장판이었다니까. 그때부터 이소다와 이솝이 합체된 거야."

치리는 마치 영화 줄거리처럼 흥분해서 말했다. 소마는 고개를 숙이고 창피한 듯이 웃었다.

"네가 그럴 정도로 이 책에 많은 추억이 담겨 있구나."

쇼고의 입에서 자기도 모르게 말이 튀어 나왔다.

응, 하고 소마는 고개를 끄덕였다.

"우리 엄마가 읽어준 단 하나의 책이야."

허스키한 목소리로 말하고 소마는 사랑스러운 듯이 펼쳐진 책을 쓰다듬었다. 소마의 눈물 자국일까. 글자 위에 점점이 얼룩이 져 있었다.

"소마, 들어가도 되니?"

열어 놓은 문 밖에서 마마가 물었다.

"시원한 허브 티 마실래?"

마마는 그렇게 말하고 쟁반을 방 한가운데 있는 작은 테이블에 놓았다. 허브 티의 산뜻한 향기가 방 안에 퍼졌다.

"그리고 호쿠토와 기요시의 작품이야. 모양은 우습지만 맛은 보증해. 먹어봐."

호쿠토야, 하고 마마가 부르자 작은 사내아이가 들어왔다. 얼른 마마의 다리 사이로 숨더니 바구니를 내밀었다.

치리는 웃으면서 바구니는 받아들었다.

"고마워, 과자를 직접 만들었구나. 맛있겠다."

아이는 마마의 다리를 꼭 잡고 숨어 있었다. 마마는 아이의 머리를 쓰다듬으면서 소마에게 말했다.

"호쿠토하고 산책 갔다 올게. 누나들이 오면 그렇게 말해."

"알았어요."

대답하는 소마의 어깨 너머로 마마는 웃으면서 말했다.

"치리랑 쇼고 천천히 놀다 가라."

"잠깐만요."

소마는 마마의 뒤를 따라 현관으로 나갔다. 둘이 산책 나가는 것을 지켜보고 싶었다.

"누나들도 있어? 이숍은 형제가 많구나. 3학년 기요시는 아는데, 또 몇 명이 더 있는 거야?"

쇼고는 눈을 동그랗게 뜨고 말했다.

"고등학생인 유카리 언니, 중학생 메이 언니, 이숍, 3학년 기요시. 그리고 아까 봤던 호쿠토. 다섯이야."

치리는 한 명씩 이름을 대며 손가락을 꼽아 수를 셌다.

"마마는 위탁모야, 다들 친형제도 아니고."

어떻게 된 걸까. 쇼고는 여우에게 홀린 것 같은 표정을 지었다.

"양부모?"

과자를 하나 집어 드는 치리에게 물었다.

"이숍의 아버지가 없어졌다고 했지? 그 외에도 아버지나 엄마가 어떤 사정으로 아이를 돌보지 못하는 일이 있잖니. 그럴 때 친아버지와 친엄마를 대신해서 아이를 맡아 길러주는 사람."

과자를 입에 넣고 우물거리면서 치리가 말했다. 바닐라 향기에 갑자기 쇼고는 배가 고파졌다.

"치리, 너 어떻게 그렇게 잘 아니?"

쇼고는 감탄했다는 듯이 치리를 보았다. 그리고 나서 조심스럽게 바구니에 손을 뻗어 과자를 하나 입에 넣었다.

"맛있다, 정말 맛있어."

쇼고가 말했다. 치리는 계속 고개를 끄덕이며, 작은 경단 모양의 과자를 손에 올려놨다.

"꼬맹이들이 아주 잘 만들었다니까. 어, 이것 봐, 이건 분명 호쿠토가 만든 거야."

먹어버리는 게 아까워서 치리는 한 동안 보고 있었다.

"마마를 만나서 넌 행운이야. 잘 됐어."

치리는 손바닥 위의 과자를 보고 그렇게 말했다.

"우리 엄마도 마마하고 봉사활동을 하거든. 그래서 이런저런 이야기를 해주셔."

치리는 그렇게 말하고 과자를 쏙 입 안에 넣었다.

"난 그런 사람들이 있다는 거 전혀 몰랐어."

그런 사람들······. 쇼고는 마마 같은 위탁부모나 소마, 호쿠토 같은 환경에 처한 아이들과 만날 기회가 없었다.

"그래, 이런 문제, 시험에는 안 나오지."

말이 끝나기가 무섭게 치리가 되받았다. 뚫어지게 쇼고를 쳐다보고 있었다.

"한번 물어보고 싶었어. 쇼고 넌 일주일에 세 번 학원에 가고, 일요일에는 모의시험을 치러 가. 많은 시간을 공부하는 데 쓰잖아."

무릎을 꿇고 자세를 바로 한 후 치리는 말을 이었다.

"네 머리에는 엄청난 양의 지식이랄까 그런 게 들어 있어. 그

지식을 어떻게 쓰고 싶어? 목표가 뭔데 그렇게 열심히 공부하는 거야? 알고 싶어."

– 목표는 사립 중학교 시험이야. 그 다음은 아직 생각하지 않았어.

그렇게 솔직하게 대답하면 치리가 뭐라고 할까. 쇼고는 힐끗 치리를 보았다. 큰 눈을 더욱 동그랗게 뜨고 치리는 쇼고를 보고 있었다. 쇼고는 당황해 눈을 돌렸다.

– 지식을 어디에 쓸 건지 한 번도 생각해본 적 없어. '가에데학교 보란 듯이 이름 있는 중학교에 들어가야 해. 우리 아들이라면 할 수 있어. 명예 회복은 빨리 하는 것이 중요하니까.' 아버지는 그렇게 격려했지. 그래서 아버지와 엄마가 원하니까 열심히 하는 거야. 그뿐이야.

쇼고는 왠지 그런 자신이 한심하게 느껴졌다.

바르게 앉아 이유를 가르쳐달라고 하는데도 쇼고는 대답하려 하지 않았다. 치리는 안달이 나는 듯 짜증나는 목소리로 말했다.

"네 머리에는 자기 마음을 표현하는 말은 없어. 그런 것을 머리만 크다고 하지."

쇼고는 치리를 노려보았다.

"시험에 나오지 않는 것은 몰라도 된다고 생각해. 그래서 세상일도 친구에 관한 것도 알려 하지 않는 거잖아. 혹시 가족에 대해서도 모르는 게 낫다고 생각하니? 시험에 나오지 않으니까? 아무리 성적이 좋아도 전혀 의미가 없어."

기세등등하게 치리가 말했다.

무릎을 안고 앉아 있던 쇼고는 어깨를 축 늘어뜨리고 무릎에 얼굴을 묻었다.

그때 현관 쪽이 요란스러워졌다. 유키라와 메이가 돌아왔는지 갑자기 집 안에 흐르는 공기가 밝아졌다.

"미안해, 너무 심했던 것 같아."

쇼고의 손에 차가운 컵을 쥐어주며 치리가 말했다. 둘은 허브 티를 마셨다.

쇼고의 마음은 겨우 진정되었다. 허브 티 때문일까. 치리의 미안하다는 말 때문일까.

치리는 컵을 흔들었다. 얼음이 컵에 부딪히는 소리가 났다.

"인간은 너무 약해. 간단히 죽어버리잖아. 친구나 가족은 서로 자신의 생각을 제대로 표현하는 게 중요하다고 생각해. 말하고 듣고 하는 시간은 정말 중요해. 아무것도 모른다는 건 괴롭고 슬픈 일이야."

허브 티를 마셔 촉촉해진 목소리로 치리가 말했다. 쇼고는 얼굴을 들고 치리를 보았다.

"역 앞에 팅커벨이라는 가게가 있는데 아니?"

갑자기 치리가 물었다.

"케이크 가게?"

쇼고가 대답하자 치리는 웃는 얼굴로 고개를 끄덕였다.

"난 그때 갑자기 팅커벨에서 파는 치즈케이크가 먹고 싶었어."

웅? 갑자기 무슨 말을 하는 건지 몰라서 쇼고는 눈을 크게 뜨며 치리를 보았다.

"2월 20일은 추웠어."

치리는 그 날을 생각하는지 먼 곳을 보며 중얼거렸다.

"오빠한테 치즈케이크 먹고 싶다고 했어, 응석을 부리면서. 그랬더니 귀여운 동생의 부탁이니 사다 줘야지, 하며 오빠는 자전거를 타고 나갔어. 그런데 시간이 지나도 돌아오지 않는 거야. 난 화가 났었어."

치리는 동그란 눈을 더욱 크게 뜨고 쇼고를 보았다.

"지금도 믿을 수 없어. 트럭과 부딪쳐서 자전거는 맥없이 구부러졌고, 오빠의 몸은 납작해졌어."

치리는 크게 숨을 들이쉬었다.

"누구한테 물어도 이제 오빠는 돌아오지 않는대. 거짓말 같지 않아? 내가 어떻게 믿겠어. 오빠는 케이크를 사러 갔을 뿐인데. 그것뿐인데."

치리의 큰 눈에서 눈물이 뚝뚝 떨어졌다.

"난 바보야. 제일 좋아했던 우리 오빠에 대해서 아무것도 몰라. 그래서 오빠의 흉내를 냈던 거야."

치리는 손등으로 눈물을 훔쳤다.

"하지만 이젠 세상에 없는데 그게 무슨 소용이야. 다 소용없어. 모르는 채 점점 잊혀지는 것 같아서 너무 무서워."

치리는 무릎을 세우고 뻣뻣한 청바지에 얼굴을 갖다댔다.

오빠의 청바지에 치리의 눈물이 배어들었다.

쇼고는 빈 컵을 든 채 치리를 보고 있었다. 눈시울이 뜨거워지면서 눈물이 났다.

— 이럴 땐 무슨 말을 해야 하는 걸까.

머릿속을 아무리 뒤져도 치리에게 해줄 말을 찾을 수 없었다.

해가 들어가고 갑자기 하늘이 어두워졌다. 멀리서 천둥소리가 들렸다.

"가엾은 치리……."

소마가 부드러운 목소리로 말했다. 소마는 어느새 방의 한쪽 구석에 앉아서 치리의 이야기에 귀를 기울이고 있었다. 치리는 콧물을 훌쩍였다.

마음을 전하는데 어려운 말은 필요하지 않다. 소마처럼 생각한 것을 그대로 말하면 된다고 쇼고는 생각했다.

— 나는 마음을 전하는 말을 몰라. 마음에 전해지도록 어떻게 말해야 하는지 그 방법을 배운 적이 없어. 좀 더 빨리 깨달았으면 좋았을 걸……

쇼고는 그런 자신이 서글퍼져서 양손으로 자신의 몸을 안았다.

천둥소리가 가까워졌다.

"비가 오려나봐. 호쿠토와 마마 괜찮을까?"

소마는 창 밖으로 몸을 내밀듯이 하여 어두운 하늘을 올려다보았다.

"호쿠토는 몇 살이야? 새로 온 동생이야?"

코를 문지르면서 치리가 물었다. 응, 하고 소마가 고개를 끄덕였다.

"지난 달에 세 살이 됐어. 처음에는 꼭 인형 같았어. 말도 안하고 움직이지도 않고. 가만히 누워만 있었어. 누가 말을 걸어도 반응도 하지 않고 말이야. 죽은 척 하는 게 저런 거다, 그런 느낌이었어."

"어우, 싫다."

치리가 작게 소리를 질렀다. 입을 벌린 채 기도하듯이 양손을 마주했다. 소마는 낮은 목소리로 말했다.

"아마 그렇게 하지 않으면 그 녀석 살 수 없었을 거야."

"정말 싫다."

같은 소리를 지르고 치리는 양손으로 얼굴을 덮었다.

소마는 쇼고 옆에 앉아서 바구니에서 과자 하나를 집어 들었다.

"이거, 똥이래."

둥그런 과자를 이리저리 보며 소마가 웃었다.

"녀석, 똥만 만들어."

미소를 지으며 소마는 똥 모양의 과자를 입 안에 쏙 넣었다.

"마마가 매일 산책을 데리고 가. 비가 오든 바람이 불든. 손을 잡는 것부터 인생은 시작되는 거래."

소마는 무언가 생각난 듯이 헤헤헤 하고 웃었다.

"나도 그랬어. 쉽게 마음을 터놓지 못해서 마마가 개 산책시키듯이 매일같이 손을 잡고 걸어줬어."

소마는 겸연쩍은 듯이 머리를 긁적였다.

"마음이 놓여. 손을 잡고 걸어주는 사람이 있다는 것이 안심이 돼. 아무리 추운 날에도 마마의 손은 따뜻했어. 나, 매일 조금씩 마음이 편해지는 것을 느꼈어."

소마는 미소를 지으면서 자신의 손바닥을 들여다보았다. 쇼고도 치리도 자신의 손바닥을 펴보았다.

"우리 서로 잡아보자."

치리가 말하고 쇼고와 소마의 손을 잡았다. 세 사람이 손을 잡았다.

"정말이다, 따뜻해."

눈을 감고 치리는 천진스럽게 미소를 지으며 고개를 끄덕였다.

"꼭 오빠가 옆에 있는 것 같아."

치리는 어린애처럼 응석부리듯이 말했다.

쇼고도 살짝 눈을 감아보았다. 오른손에 소마의 큰 손. 왼손에는 치리의 작은 손. 따뜻한 체온이 마주잡은 손을 타고 전해졌다.

- 아, 정말이다. 마음이 편해져.

계속 이대로 있고 싶어, 하고 쇼고는 생각했다.

이솝의 비밀

쏴, 하고 소리를 내며 비가 내리기 시작했다.

천둥은 아직도 대굴대굴, 우르릉 소리를 내며 여름 하늘을 구르고 있었다.

창 밖을 보고 있던 치리가 말했다.

"갰다가 비가 왔다가 이상한 날씨야. 마마와 호쿠토, 비 안 맞아서 다행이야."

"응, 빨리 돌아오길 잘 했지."

그렇게 말하면서 소마는 일어나 창문을 닫고 에어컨 스위치를 켰다. 그리고 나서 불을 켜려다가 잠시 망설였다.

"불, 켜지 않아도 될까?"

쇼고와 치리에게 물었다.

"맘대로 해."

쇼고가 대답했다.

"그래, 안 켜도 그렇게 어둡지 않네, 뭐. 이솝 너 편한 대로
해."

치리가 밝은 목소리로 말했다.

"그럼 켜지 않을게."

소마는 그 자리에 턱 하고 앉았다. 책장에 기대어 다리를 뻗었
다. 그리고 어둠침침한 방 안을 보았다. 완전히 외워버린, 엄마가
읽어주었던 이솝이야기를 소마는 천천히 이야기하기 시작했다.

에어컨의 모터 소리가 낮고 무겁게 방 안에 울렸다.

허스키한 소마의 목소리 때문에 행여 말을 놓칠 세라 쇼고와
치리는 몸을 앞으로 내밀고 주의를 기울였다.

연못가에 개구리 가족이 살고 있었습니다.

아빠개구리는 새끼개구리들에게 자랑하며 말했습니다.

"아빠는 세계 제일이다. 이렇게 큰 배를 가진 자는 세상에 또
없을 거야."

엄마개구리는 말했습니다.

"그래, 아빠만큼 멋진 배는 본 적이 없어."

새끼개구리들은 두더지와 지렁이에게 말했습니다.

"너희는 왜 그렇게 작니? 우리 멋진 아빠를 봐. 저렇게 큰 배는 본 적이 없을걸?"

그러자 두더지가 말했습니다.

"아냐. 이 길을 곧장 가면 강이 있는데, 그곳에서 만난 소의 배는 정말 컸어. 아빠개구리보다 훨씬 크던걸."

새끼개구리들은 화를 내며 말했습니다.

"이 거짓말쟁이 두더지."

새끼개구리들에게 맞은 두더지는 울면서 땅 속으로 들어가 버렸습니다.

새끼개구리들은 소 이야기가 신경이 쓰여서 강으로 가보기로 했습니다.

강에 도착하자 소가 물을 마시고 있었습니다.

처음 본 소의 크기에 새끼개구리들은 깜짝 놀랐습니다.

새끼개구리들은 집으로 돌아와 아빠개구리에게 말했습니다.

"아빠보다 훨씬 커요."

아빠개구리는 말했습니다.

"무슨 소리야. 아빠가 제일이지. 봐라, 그게 이만 하더냐?"

아빠개구리는 숨을 들이쉬어 크게 배를 부풀렸습니다.

"아뇨, 훨씬 더 커요."

"그럼, 이만 하냐?"

아빠개구리는 다시 한 번 더 크게 숨을 들이쉬어 배를 부풀렸습니다.

"더, 더 커요."

"이만큼? 자 이 정도는 어때?"

아빠개구리가 힘껏 힘을 들이쉬자,

"팡!"

커다란 소리를 내면서 아빠개구리의 배는 터지고 말았습니다.

"이야기가 끝나면 엄마는 이렇게 말하지. 아빠개구리는 네 아빠랑 똑같아. 자기의 좋은 점을 몰라. 무엇이든지 제일이면 된다고 생각해. 배가 터질 때까지도 모르다니 우습지? 바보야."

소마는 그렇게 말하고 멍하니 쇼고를 보았다.

"아빠의 배가 터졌다니, 무슨 나쁜 병이라도 앓으셨니?"

조심스럽게 쇼고가 물었다.

소마는 힘없이 고개를 가로 저으며 대답했다.

"아빠는 새 것이나 유명 제품을 좋아했어. 돈도 없으면서 카드로 물건을 샀지. 그것 때문에 빚이 쌓여 터진 거야. 펑, 하고. 아빠의 배는 터지고 말았습니다."

헤헤헤 하고 소마는 힘없이 웃었다.

"넌 몇 살이었어?"

그림책을 올려놓은 무릎을 가볍게 흔들면서 치리가 말했다.

"다섯 살. 여동생이 있었는데…… 동생은 두 살 이었어."

소마는 괴로운 듯이 얼굴을 찌푸렸다.

"대부분 생각이 나는데 여동생 이름만 기억이 안 나."

기어 들어가는 목소리로 말했다. 소마는 양손으로 주먹을 쥐고 자기 머리를 때렸다. 쇼고는 일어나 소마 옆으로 가서 앉았다. 소마의 슬픔에 조금이라도 가까이 다가가고 싶었다.

"3학년 때의 일 말이야, 그 뒷이야기가 있어."

치리가 커다란 눈으로 쇼고를 보았다.

"이솝이 날뛰었다는 소문이 나서 학부모회의에서 문제가 됐어."

소마가 얼굴을 들고 고개를 끄덕였다.

"마마와 호즈미 선생님이 필사적으로 나를 지켜주셨어."

소마가 교실에서 소동을 부린 이야기는 눈 깜짝할 사이에 학교 전체에 퍼졌다. 이야기의 내용은 말 전달하기 게임처럼 점점 과장되게 부풀려졌다.

"마침 그때 뉴스에서 중학생에 의한 살인사건과 폭력사건이 계속해서 보도됐어. 그래서 이솝은 위험한 아이라고 해서……."

치리는 말끝을 얼버무렸다. 불쌍하다는 듯이 소마를 보았다.

저런 아이가 사건을 일으킨다, 순간적으로 이성을 잃는 위험한 아이다, 소마는 그런 문제아 취급을 당했다. 위탁모인 마마의 가족과 유카리와 메이까지 비난을 당했다.

"그래도 마마는 어디에 가든 내 손을 잡아줬어. 동네 아줌마들이 무서운 눈으로 나를 노려보면……."

헤헤헤, 하고 소마는 기쁜 듯이 웃었다.

"그럼 마마는 소마, 사랑해, 아주 많이 사랑해. 그렇게 말하고 내 손을 꼭 잡아줬어. 아줌마들이 노려보면 난 기뻤어. 마마의 그 말을 듣고 싶어서 더 노려봐 줬으면 했을 정도야."

눈 꼬리를 내리고 소마는 행복한 듯 미소를 지었다.

교실 사건이 알려지면서 호즈미 선생님의 처지도 난처해졌다.

"호즈미 선생님은 아무것도 묻지 않고 내 옆에 있어 주셨어. 개구리 연구에 끼여 주고, 강과 논으로 데리고 다녔지. 내가 개구리에 푹 빠진 것을 보고 대학 연구실에도 데리고 가주셨어."

소마는 호즈미 선생님 이야기를 하면 금세 얼굴이 환해진다.

"우리는 이솝한테 호즈미 선생님을 뺏긴 것 같아서 떨떠름했어. 그래서 일부러 선생님 말도 안 듣고 골탕을 먹였지."

치리가 혀를 날름 내밀었다.

"하지만 호즈미 선생님은 전혀 신경 쓰지 않고 강 이야기와 개구리 이야기를 들려 주셨어. 우리는 선생님의 이야기에 홀딱 빠져서 선생님을 괴롭힐 생각을 완전히 잊어버렸지. 그리고 이솝과 같이 강과 논에 가게 되었어."

쇼고는 후후, 하고 웃었다. 호즈미 선생님이라면 그럴 거야. 우리가 떼로 몰려들어도 끄덕도 안 할걸. 진짜 어른이니까, 하고 쇼고는 생각했다.

"난 누구에게도 보여주지 않았던 이 책을 호즈미 선생님께 보여드렸어. 소동을 부린 것은 이 책을 지키기 위해서였다고 선생님께 말씀드렸어."

치리의 무릎에 있는 그림책을 눈으로 가리키며 소마가 말했다.

그때까지 소마는 어릴 적의 기억을 거의 잊고 있었다. 엄마의 이솝이야기만이 소마의 기억을 되살릴 수 있는 실마리였다.

"선생님은 내 앞에서 그림책을 몇 번이나 읽으셨어. 그리고 다음 날 가메를 교실로 데리고 오셨지."

소마의 눈이 반짝였다.

"가메를 본 순간, 나 가슴이 두근거렸어. 그림책에 있었던 개구리와 똑같았거든. 엄마의 목소리가 생생하게 기억났어."

엄마는 소마를 한쪽 팔로 감싸 안고, 어린 여동생은 무릎에 앉힌 채 그림책을 읽었다. 어둠침침한 방. 문을 두드리는 소리에

겁을 내면서…….

"아빠개구리는 아빠와 똑같아. 겁쟁이 바보. 작은 배라도 새끼개구리와 엄마개구리가 아빠를 좋아하는 것에는 변함이 없는데. 그 마음을 몰라주니 엄마개구리는 분명 슬펐을 거야, 그렇게 말하면서 엄마는 울었어."

손등에 뜻뜻미지근한 엄마의 눈물이 떨어지는 것 같았다. 눈물의 감촉을 더듬듯이 소마는 오른손의 손등을 쓰다듬었다.

"이솝이 이 그림책을 품에 안고 우리 앞에서 말했어. 엄마가 읽어준 책입니다, 내게는 단 하나뿐인 보물이에요, 라고. 나 정말 충격이었어. 더러운 책을 버린 게 뭐가 나쁘냐는 생각을 하고 있었거든. 정말 진심으로 반성했어."

치리가 말했다.

"그때 호즈미 선생님이 말씀하셨어. 네 기분을 모두에게 말해주었으면 한다. 서로 잘 알아야만 생겨나는 것이 있다. 그것을 선생님과 확인해보자, 라고."

소마는 겸연쩍은 듯이 머리를 긁적이며 말했다.

"확인했어? 그게 뭔데?"

쇼고는 자기도 모르게 상체를 앞으로 내밀며 소마에게 물었다.

"그렇게 말하고 나서 반 아이들의 얼굴을 봤어. 그랬더니 다들 나를 뚫어지게 보고 있는 거야. 선생님 말대로였어. 내 안에

생겨났어. 모두 아주 소중한 친구들이다, 하는 마음이."

"그래. 그때 우리에게 이솝의 마음이 전해졌어. 아주 오래 전부터 친구였던 것처럼 생각되었어."

치리와 소마는 서로 얼굴을 마주보며 웃었다.

"아는 것은 사랑이 된다. 그런 거구나."

쇼고는 호즈미 선생님의 말을 떠올리고 작게 중얼거렸다.

"그러고 나서 조금씩 기억이 되살아났어."

소마는 미간을 찌푸리며 괴로운 표정을 지었다.

"가메 덕분에 엄마와 아빠에 관한 기억들을 떠올릴 수 있었어. 봄방학 때 마마에게 부탁해서 어릴 적 살았던 집에 함께 갔었어."

방 안이 조금씩 어두워졌다. 치리는 기어서 소마와 쇼고 바로 앞까지 왔다. 쓱쓱, 하고 청바지가 방바닥에 스치는 소리가 났다.

"5월 연휴 때 친척 아저씨가 찾아와 줬어. 아저씨 이야기를 듣다보니까 꼭 퍼즐을 끼워 맞추는 것처럼 기억에서 빠져 있었던 부분이 완벽하게 떠올랐어."

소마는 길게 한숨을 내쉬었다.

쇼고와 치리는 숨을 죽이고 소마의 얼굴을 쳐다보았다.

"아빠의 빚을 갚을 수 없게 되자 엄마는 괴로워했어. 엄마가 아무리 애를 써도 도저히 손을 쓸 수 없게 됐지."

돈을 갚으라는 독촉 전화와 편지. 문을 두드리며 소리를 지르던 빚쟁이들.

"사람이 없는 것처럼 불을 끄고 숨을 죽인 채 엄마는 나와 동생을 필사적으로 지키려고 했어."

소마는 손톱을 깨물며 다리를 떨었다. 쇼고는 너무 딱해서 눈을 내리깔았다. 소마를 쳐다보는 치리의 눈에서 눈물이 반짝였다.

"그 날 밤 아빠는 술을 마시고 엄마를 때렸어. 나도 때렸어."

이를 깨문 소마가 오열하기 시작했다.

"엄마는 이솝이야기를 다 읽더니 나와 동생에게 말했어. 자, 이제 그만 읽고, 바다에 가자. 아주 즐거운 듯이 웃는 얼굴로 그렇게 말했지."

소마의 목소리는 어둡고 메말라 마치 나이 든 노인이 말하는 것 같았다. 쇼고는 몸의 방향을 바꿨다. 소마의 손을 언제라도 잡을 수 있도록 양손을 무릎에 놓았다.

"엄마의 행동이 이상해서, 난 너무 무서웠어. 술에 취해 자고 있는 아빠를 깨웠지만 일어나지 않아서……."

소마는 잠시 말을 멈췄다.

"그래서?"

치리가 소마를 재촉했다. 소마는 훗, 하고 웃으며 말했다.

"소마야, 바다를 보러 가자. 웃는 얼굴로 엄마가 말했어. 여동생은 신이 나서 좋아했지. 그래서 셋이서 밖으로 나갔어."

주차장에서 차를 빼더니 엄마는 그대로 어두운 밤길을 달렸다. 차 안에서 엄마와 동생과 소마는 큰소리로 노래를 불렀다. 엄마는 많이 웃었다.

"정말 아주 즐거워하는 것 같았어. 그렇게 밝게 웃는 엄마는 처음 봤어."

소마는 주먹으로 눈을 비볐다.

바닷가에 도착하자 엄마는 차를 세우고 한동안 멍하니 앉아 있었다.

시커멓게 한없이 펼쳐진 바다는 무섭고 기분 나빴다. 멀리 보이는 배의 불빛이 어린 소마에게는 괴물의 눈처럼 생각되었다.

"나는 무서워서 도망치고 싶었어. 엄마, 집에 가자. 그렇게 말했더니 그래, 가자, 하고 대답했어. 엄마의 대답을 들으니까 안심이 됐어. 엄마는 차의 시동을 걸었지. 차는 빠른 속도로……. 그대로 밤바다로 뛰어들었어."

치리가 비명을 질렀다.

괴로운 듯이 소마는 길게 숨을 내쉬었다.

"나만……, 나 혼자만 살았어."

130

온몸의 힘이 빠지는 듯이 소마는 책장에 기대 어둠 속을 바라보고 있었다. 소마의 등에 난 상처는 그때 생긴 것이었다.

"아빠는 나를 때렸어. 왜 여동생을 지키지 못했냐, 엄마를 살리지 못했냐며 나를 나무랐어."

"너무 해. 그런 게 어디 있어. 이솝은 겨우 다섯 살이었잖아."

울면서 치리가 소리쳤다.

"아빠는 나를 거들떠보지도 않았어. 말을 걸어주지도 않았지. 난 어떻게 해야 되는 건지 알 수 없었어. 때때로 내가 숨을 쉬어도 되는지조차 알 수 없었어."

다섯 살인 소마를 두고 아버지는 집을 나갔다.

엄마도 여동생도 없는 집. 철썩철썩 밀려오는 캄캄한 바다 같은 어둠. 길게 자란 손톱으로 자기 얼굴을 할퀴어 피투성이가 된 채 소마는 외로움을 참고 있었다. 모든 것을 잊지 않으면 자신을 지킬 수 없었다.

"너무 해. 용서 못해. 가메 아저씨, 정말 너무 해."

떨리는 목소리로 치리가 말했다.

"아빠도 힘들었을 거야. 회사는 망했고, 빚에다가 엄마까지 그렇게 됐으니까. 외로웠을 거야. 난, 결국 아무도 지켜주지 못했어……"

소마는 울면서 웃었다.

"웃지 마, 이슙. 화를 내!"

쇼고는 자신도 모르게 소리쳤다.

"지킬 수 없었던 게 당연해. 다섯 살밖에 안 된 네가 무엇을 할 수 있었겠어. 넌 나쁘지 않아, 하나도 안 나빠. 그러니까 화를 내."

소리치자 설움이 북받쳤다. 눈물이 쏟아질 것 같았다. 처음이었다. 쇼고가 이렇게까지 누군가를 위해 화를 낸 것은……

소마는 갑자기 무언가 생각난 듯 쇼고를 보았다. 그리고 소리쳤다.

"아카리야, 아카리."

아카리? 짧은 순간 멈칫했던 쇼고가 벌떡 일어났다. 그리고 전기 스위치를 켰다. 방 안이 갑자기 환해졌다. 치리가 안심한 표정으로 쇼고를 올려다봤다. 울어서 눈이 빨갛다.

소마는 낄낄대며 웃었다. 뭐가 우스운 거야. 그렇게 묻기라도 하는 듯이 쇼고와 치리가 서로 마주보고 고개를 갸웃했다.

"아냐. 갑자기 여동생 이름이 생각났어. 이소다 아카리. 밝은 빛을 뜻하는 아카리 말이야. 아카리라고 하지 않고 늘 아리, 아리라고 했지."

소마는 기쁜 듯이 웃었다. 소마의 웃는 얼굴을 보자 쇼고와 치리도 따라 웃었다. 분노는 어둠과 함께 사라졌다.

– 이솝은 상당히 힘든 인생을 살고 있거든.

쇼고는 치리의 말을 떠올렸다. 소마가 살아온 환경은 쇼고가 상상도 못할 만큼 힘들고 고통스러운 것이었다. 듣기 전까지는 믿을 수 없을 정도였다.

치리 역시 힘든 일을 겪었다. 그래도 둘은 깔깔대며 웃고 있다.

– 우리 가족은 개구리 가족과 똑같아. 제일 크고, 제일 좋은 것을 손에 넣으려고 하지. 모두가 제일이 되는 것을 목표로 해. 우리 아빠와 가메 아저씨는 어디가 어떻게 다른 걸까.

소마 가족의 비참한 결말을 생각하자 쇼고는 참을 수 없이 슬퍼졌다.

– 자기의 좋은 점을 모르고 무엇이든 제일이면 좋다고 생각해. 우습지, 배가 터질 때까지 그걸 모르다니, 바보야……

소마의 엄마는 왜 죽은 걸까. 다른 방법으로 바보 같은 가메 아저씨를 혼낼 수는 없었던 걸까.

소마에게도 여동생 아카리에게도 행복하게 살 장소와 시간이 있었을 것이다. 그것을 빼앗을 권리는 누구에게도 없다.

– 그래, 아빠만큼 크고 멋진 배는 없어.

엄마개구리는 그렇게 말했다. 쇼고는 생각했다. 제일을 원했던 것은 아빠개구리보다 엄마개구리였을지도 모른다고.

혼자 남겨진 소마의 외로움이 그대로 쇼고에게 전해졌다.

쇼고의 눈에서 눈물이 흘러내렸다.

소마의 흉내를 내어 셔츠 소매로 쓱, 하고 눈물을 닦았다.

하늘에 빛이 달린다.

천둥소리가 울리고 창문이 달달 흔들렸다.

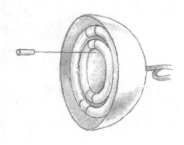

자연의 법칙

소마야, 하고 메이가 방문을 벌컥 열었다.

"강 아저씨 오셨어."

들뜬 목소리로 말했다.

"강 아저씨가 생선을 갖고 오셨어. 오늘은 맛있는 회를 먹을 수 있어, 야호."

신이 난 메이는 손가락으로 승리의 브이를 만들어 보였다.

"메이 누나는 늘 먹을 것만 생각해."

소마가 웃었다.

"앗, 소마 기분 좋아 보이네."

메이의 볼에도 부드러운 미소가 퍼졌다. 메이는 하얀 앞치마를 두르고 비쭉비쭉 솟은 머리에는 넓찍한 빨간색 헤어밴드를 하고 있었다. 키가 큰 메이에게는 기다란 남자용 앞치마도 잘 어울렸다.

"소마가 기분 좋아하니까 나도 좋은걸. 솜씨를 발휘해서 맛있는 요리를 만들어야지."

그렇게 말하고 메이는 치리와 쇼고를 쳐다보았다.

"마마가 괜찮으면 치리랑 ……. 음, 그리고."

쇼고의 이름이 생각나지 않자 메이는 머리를 감싸 쥐고 괴로워하는 표정을 지어 보였다.

"쇼고!"

소마가 큰 소리로 말하자 메이는 그제야 고개를 끄덕였다.

"맞아, 쇼고. 저녁 먹고 가래."

"난 집에 갈 거니까 신경 쓰지 마세요."

쇼고는 오른손을 얼굴 앞에서 흔들어 보였다. 어른스러운 몸짓에 메이는 큭, 하고 애써 웃음을 참았다.

"넌 신경 쓰지 말라고 하지만, 지금 밖에 비가 굉장히 많이 와. 천둥도 치고. 저녁 먹고 데려다 줄게. 일단 집에 전화해."

메이는 탁, 하고 쇼고의 어깨를 세게 쳤다. 거친 말투였지만 메이의 마음씀씀이가 느껴졌다.

"얼른 와. 이 메이 님께서 솜씨를 발휘할 테니까."

그렇게 말하고 메이는 서둘러 부엌으로 갔다.

"먹고 가. 메이 누나 요리만큼은 정말 잘해."

소마의 말에 쇼고와 치리는 거실로 나갔다.

메이의 말처럼 창 밖에는 비가 무섭게 내리고 있었다.

"강 아저씨, 안녕하세요."

소마와 치리가 인사를 했다.

강 아저씨는 아이들의 인사 소리에 뒤돌아보며 반갑게 웃었다. 이제 막 퇴근한 파파를 상대로 맥주를 마시고 있다. 벌써 얼굴이 빨갛다.

"왜 강 아저씨라고 불러?"

쇼고는 치리의 셔츠 소매를 잡아끌었다.

"사실은 대학교 교수님이야. 호즈미 선생님이랑 아저씨들과 같이 강과 논을 지키는 활동을 하고 있어. 늘 강의 오염을 걱정해서 강 아저씨라고 해."

작은 소리로 치리가 설명했다.

"강과 논을 지키는 활동?"

쇼고의 소리를 들은 강 아저씨는 몸을 앞으로 내밀고 진지하게 이야기를 시작했다.

"그래, 강 유역에는 자꾸 마을이 생기잖니. 그런 식으로 강 주위가 개발되어서 빗물이 고이는 곳이 줄어들고 있어. 어려운 말로는 보수, 유수 기능이라고 하지. 보수는 물을 모아두는 것이고, 유수는 홍수 때문에 하천의 물이 흘러 넘쳐 고이는 거야. 그런데 그 기능을 잃고 있기 때문에 조금만 비가 많이 내리면 홍수가 되기 쉬워. 지금까지처럼 둑을 콘크리트로 쌓는 것 대신 예전의 물가를 만들자, 생물이나 사람에게 좋은 환경을 만들자, 그런 활동을 하는 거란다."

강 아저씨는 파파가 따라 준 맥주를 꿀꺽꿀꺽, 소리를 내며 맛있게 마셨다.

"순환이란 중요한 거야. 비가 내리고, 땅에 스며들고, 콸콸 물이 솟고, 강이 되고, 바다로 흐르지. 그리고 수증기가 되어 하늘로 올라가 다시 비가 되어 내려.

그 순환을 인간의 손으로 파괴해 왔기 때문에 자연에게 미안한 거야. 다시 한 번 우리 인간의 손으로 예전의 자연으로 돌려주어야 한다고 생각해."

강 아저씨의 이야기는 흥미로웠다. 지식의 일부에 지나지 않았던 물의 순환이 생생하게 쇼고의 머릿속에서 그려졌다. 강가에 피는 많은 식물들. 강을 거슬러 올라가 산란하는 물고기. 강 아저씨는 손짓, 몸짓을 섞어가며 이야기했다.

"이숩, 나, 하루카, 그리고 우리 반 절반 정도가 회원이야. 한

달에 두 번 토요일에 강을 청소하고 조사도 해."

큰 눈을 반짝거리며 치리가 말했다. 강 아저씨는 손가락으로 안경을 밀어 올리면서 말했다.

"다음 주에는 뒷산 쪽 논에 가서 풀을 뽑을 거야. 물의 순환을 생각하면 논의 역할도 크지. 그리고 나는 논둑길을 걷는 게 좋아. 풀과 흙이 다리를 감싸는 그 부드러운 느낌은 진짜 최고지. 한번 직접 체험해 보지 않을래?"

아저씨의 말은 쇼고의 마음을 사로잡았다.

– 가고 싶어. 하지만 엄마한테 학원 빠지겠다는 말을 어떻게 해.

쇼고는 젓가락질을 하면서 생각했다. 도저히 포기할 수 없었다.

– 엄마한테 야단맞아도 좋아. 강 아저씨에게 좀 더 많은 것을 배우고 싶어. 몸으로 느끼면서 자연을 알고 싶어.

쇼고의 마음속에서 자연을 알고 싶다는 의욕이 솟고 있었다. 이런 느낌은 처음이었다. 얼굴을 들고 쇼고는 물었다.

"나도 가고 싶어요. 가도 되죠?"

강 아저씨는 작은 눈을 동그랗게 뜨고 대답했다.

"그럼, 되고말고. 강도 산도 사실은 너희들 놀이터야. 아저씨야 눈치를 보면서 놀고 있을 뿐이지."

"거짓말. 눈치는 무슨. 언제나 강 아저씨가 제일 신나하면서.

강에 빠지고, 논에서 넘어지고, 뒤치다꺼리하기가 얼마나 힘든데."

"맞아 맞아. 도저히 어른이라고 할 수 없어."

치리와 소마가 입을 모아 말했다.

"선생님. 애들은 다 보고 있어요. 저희들을 핑계 삼아 우리가 논다는 걸 눈치 챘어요. 속일 생각 마세요."

그렇게 말하고 파파는 강 아저씨의 빈 컵에 다시 맥주를 따랐다. 강 아저씨는 머리를 긁적이며 웃었다.

"아저씨, 전갱이도 벤자리도 아주 신선해요. 문어는 야채와 섞어서 카르파초 샐러드로 해봤어요."

메이는 요리를 담은 커다란 접시를 차례로 테이블에 놓았다.

"햐, 대단한데. 메이가 솜씨를 부렸구나."

강 아저씨는 카르파초에 젓가락을 옮기면서 웃으며 말했다.

메이가 앞치마를 벗고 앉았다.

"메이가 중학교 3학년이지? 슬슬 진로를 결정해야 할 텐데."

맛있게 카르파초를 먹으면서 강 아저씨가 말했다.

"네, 정했어요."

메이는 아주 시원스럽게 말했다.

"메이는 레스토랑의 요리사가 될 거래요."

작은 접시에 간장을 따르면서 유카리가 말했다.

"난 조리사 전문학교에 가고 싶어요."

젓가락을 놓고 자세를 고쳐 앉더니 메이가 말했다.

"친구랑 10년 후에 레스토랑을 열기로 약속했어요."

마마와 파파의 눈을 가만히 쳐다봤다.

"꿈을 함께 할 수 있는 친구가 생겼구나."

마마는 기쁜 듯이 말했다. 메이를 쳐다보는 마마의 눈빛은 보고 있는 쇼고의 마음까지 따뜻해질 정도로 부드러웠다.

메이는 쉽게 사람을 믿지 못한다. 메이의 부모님은 이혼을 하고 각자 새로운 가정을 꾸렸다. 아버지와 어머니는 딸인 메이보다 자신들의 행복을 우선했다. 가끔 전화를 해서는 듣기 좋은 말로 메이를 들뜨게 했다.

― 아빠가 디즈니랜드에 데리고 간대요.

― 엄마가 옷을 사주신대요.

눈을 반짝이며 기뻐하는 메이와의 약속은 한 번도 지켜지지 않았다. 늘 직전에 취소 전화가 왔다. 기대한 만큼 메이의 마음은 심하게 상처를 입었다.

그리고 메이의 성격은 난폭해졌다.

― 어른은 거짓말쟁이야. 더러워. 다시는 절대로 믿지 않을 거야.

단호한 메이의 태도에 마마는 할 말이 없었다.

그런 메이에게 서로 약속을 할 만큼 마음을 터놓는 친구가 생긴 것이다. 마마는 그것이 무엇보다 기뻤다.

"계속 같이 원예부였던 친구예요. 그 애도 어려운 일이 많았어요. 나도 친구를 잘 사귀는 편이 못 되고. 그래서 서로 말을 하게 된 것은 3학년 때부터예요."

메이가 말했다.

"괜찮겠니? 네 장래에 관한 거야. 좀 더 냉정하게 생각해라. 친구와 같이한다는 것이 좀 탐탁지 않구나."

파파는 걱정스러운 듯이 미간을 찌푸렸다. 미덥지 못하다는 얼굴이다.

괜찮아요, 하고 메이는 자신 있게 말했다.

"왜 그 애를 신뢰하냐면요, 그 애가 키운 꽃이 아주 튼튼하고 예뻐요. 정성껏 돌봐서 잘 자라요. 흙의 배합이 다른지, 아무튼 꽃이 그 애를 신뢰하고 있다는 걸 알 수 있어요."

메이는 감탄한 듯이 말했다.

친구와 한 약속 몇 가지를 메이는 꿈에 부풀어 말했다. 10년 후의 레스토랑 개업을 목표로 해서 메이는 조리사 자격증을 따고 요리 기술을 닦아 두기로 했고, 친구는 경리와 부기 공부 그리고 원예 공부도 더욱 열심히 하기로 했다고 했다. 그래서 레스토랑 주위에는 화단과 채소밭을 만들고 테이블에는 늘 아름답고 싱싱한 꽃바구니를 놓기로 했단다.

"그래서 마당에서 가꾼 야채로 맛있는 요리를 만들고, 야채는 손님이 직접 따도 될 수 있게 할 거예요."

메이의 눈동자가 반짝반짝 빛나고 볼은 복숭앗빛으로 발그스름해졌다. 미래에 대한 꿈을 이야기하는 메이는 아름다웠다. 모두 먹는 것을 잊고 메이에게 집중했다.

"우와, 멋지다. 내가 제일 먼저 가야지."

그렇게 말하고 마마는 손뼉을 쳤다.

호쿠토가 마마를 흉내 내어 짝짝짝, 하고 작은 손으로 손뼉을 쳤다. 유카리는 생선구이의 살을 발라내어 호쿠토의 입에 넣어주었다. 호쿠토의 얼굴에 붙은 생선살을 떼어내면서 유카리가 말했다.

"나 아르바이트 예약했다. 약속해."

파파와 마마는 웃는 눈으로 서로를 보았다.

"선생님, 학교 정보를 가르쳐주세요. 친구도 진로를 고민하고 있어요. 인문계보다는 상업고등학교나 농업학교를 원해요."

강 아저씨는 대학에서 교육학을 가르치고 있다. 응응, 하고 고개를 끄덕이며 메이의 꿈을 듣고 있던 아저씨가 말했다.

"꼭 상고나 농고가 아니더라도 종합고등학교에도 원예과가 있어. 정보는 많은 것이 좋겠지. 메이, 컴퓨터 할 줄 알지?"

아저씨는 평소 학생들을 가르치는 진지한 대학교 교수님처럼 말했다.

"조금 하긴 하지만 자신은 없어요."

메이는 불안한 듯 얼굴을 찌푸렸다.

"조금 할 수 있으면 됐어. 학교 자료 조사해서 메일로 보내마."

강 아저씨는 낡은 검은색 가방에서 수첩을 꺼내 메이의 전자메일 주소를 적었다. 그리고 쇼고를 보고 흘러내린 안경을 기다란 손가락으로 밀어 올리며 물었다.

"넌 컴퓨터 할 줄 아니?"

쇼고 대신 소마가 대답했다.

"쇼고는 자기 컴퓨터를 따로 갖고 있어요. 그래서 우리 반에서는 컴퓨터 짱이라고 그래요."

"어머, 초등학생 주제에!"

메이가 비꼬듯이 말했다. 거실 안에는 한바탕 웃음이 터졌다.

"아니, 그게…… 아빠가 새 것을 사서, 쓰던 것을 주셨어요."

기어 들어가는 소리로 쇼고는 변명처럼 말했다.

"그럼 너한테도 메일로 강의 자료를 보내마. 주소 가르쳐 줄래?"

강 아저씨는 쇼고의 전자메일 주소를 작은 글씨로 또박또박 수첩에 적었다.

작게 휴대전화 벨소리가 났다.

쇼고는 얼른 일어나 복도로 나갔다. 반바지 주머니에서 휴대전화를 꺼냈다. 전화기의 불이 깜빡거리고 있었다. 귀에 대자 동시에 마리의 날카로운 목소리가 들렸다.

"쇼고, 너 지금 뭐하니! 빨리 와!"

"갈 건데, 조금……."

쇼고의 말이 채 끝나기도 전에 마리는 전화를 끊었다.

"조금 더 여기 있고 싶어. 사람들 속에 있고 싶어."

끊긴 전화에 대고 쇼고는 그렇게 중얼거렸다.

– 늘 이런 식이야. 내 대답은 엄마가 미리 정해버리지.

쇼고는 마리의 일방적인 방식에 화가 났다. 쇼고의 마음속에서 자기의 생각이 자라고 있었다.

"가야겠어요. 잘 먹었습니다."

거실로 돌아와 쇼고는 정중하게 고개를 숙이며 인사했다.

"와~ 휴대전화까지 있어? 쇼고 너 뭐든지 다 있구나. 행복하겠다, 얘."

과장되게 눈을 동그랗게 뜨고 메이는 감탄의 소리를 질렀다. 마마는, 그만 해라, 하고 가볍게 메이를 나무랐다,

"엄마한테 온 거니?"

마마가 걱정스러운 듯이 물었다. 쇼고는 울 것 같은 얼굴로 고

개를 끄덕였다.

"기다려, 바래다줄게."

마마는 그렇게 말하고 자리에서 일어났다.

마음씨 착한 마녀

현관문을 열자 축축한 비 냄새가 났다.

빗줄기는 아까보다 많이 약해져 있었다.

쇼고와 마마는 우산을 같이 쓰고 집을 나섰다.

밝은 상점가를 빠져 나가 골목길에 들어서자 요란하게 벌레 우는 소리가 들려왔다.

"엄마한테 걱정을 끼쳤구나."

빠른 걸음으로 걸으면서 마마가 말했다. 쇼고가 비를 맞지 않게 우산을 쇼고 쪽으로 비스듬히 기울였다.

"녹음은 해봤어요. 그런데 그래도 똑같아요. 우리 아빠랑 엄마는 나를 전혀 믿지 못하니까."

쇼고는 힘없는 목소리로 대답했다.

"그건 슬픈 일이지."

"하는 수 없어요. 난 아빠와 엄마의 기대를 저버렸으니까."

무표정한 쇼고의 옆얼굴을 마마는 동정하는 눈빛으로 바라 봤다.

"저기……. 저에 대해 아무 말도 하지 않아 주셔서 고맙습니다."

"역에서 있었던 일?"

마마의 물음에 쇼고는 고개를 끄덕이며 대답했다.

"그때 아줌마의 목소리, 잊은 적이 없어요."

쇼고의 마음속에는 마마의 말이 무겁게 가라앉아 있었다.

"나도 그래. 네가 미안하다고 소리쳤잖니. 그게 계속 신경 쓰였어. 오늘 널 만나서 잘 됐어."

마마는 걸음을 멈췄다. 쇼고의 어깨에 살짝 손을 얹었다.

"미안하다가 아니라 도와달라는 말로 들렸어. 뒤를 따라가서 이유를 물어 볼걸 하고 많이 후회했단다."

쇼고는 뜻밖의 말에 마마를 올려다보았다. 자신조차 몰랐던 그 외침을 정확히 느껴주는 사람이 있다. 지켜보고 있었다, 그렇게 생각하자 쇼고는 감동으로 가슴이 뭉클해졌다.

쇼고의 얼굴을 들여다보며 마마가 말했다.

"미안해."

무슨 말인지 몰라 쇼고는 고개를 갸웃했다.

"그때 그 아이에게 사과하고 싶었어. 마구 나무라는 말만 했지. 미안해."

마마는 슬픈 얼굴로 말했다. 쇼고는 눈물이 날 것 같았다. 무겁게 가라앉아 있었던 말이 눈물이 되어 흘렀다.

"쇼고, 우리 손잡을까?"

마마는 생긋 웃으며 쇼고의 손을 잡고 걸었다. 마마의 손은 따뜻했다. 소마도 이렇게 하고 걸었구나, 하고 쇼고는 생각했다.

횡단보도를 하나 건너 언덕길로 접어들었다.

걸으면서 쇼고는 야스유키에 대해 말했다. 다리가 움직이지 않아서 옆에 갈 수 없었다는 것. 그것을 많이 후회했다는 것, 친구들이 계단에서 밀어 떨어뜨렸다는 것도.

갑자기 요란한 소리를 울리며 오토바이가 지나갔다. 마마는 잡고 있던 손에 힘을 주어 쇼고를 자기 쪽으로 끌어당겼다. 누군가의 보호를 받고 있다는 안심이 쇼고의 마음에 전해졌다.

"가에데 학교에서 쫓겨난 건 선생님의 치마를 들추었기 때문이에요."

망설이듯이 쇼고가 말했다.

"쇼고, 정말이니?"

소리를 지르고 마마는 웃어댔다. 뜻밖의 반응에 쇼고는 쭈뼛거리며 말해 보았다.

"그런 야한 짓 하는 초등학생, 무섭죠?"

"무서워? 왜?"

말도 안 돼, 하고 마마는 커다란 눈을 깜빡거렸다.

"어린이한테서 호기심을 빼면 뭐가 남을까. 너무 똑똑하고 야무진 게 오히려 더 무서워. 그런데 그런 것으로도 퇴학이 되니?"

"퇴학까지는 아닐 거예요, 전 자퇴한 거예요."

진지하게 설명하는 쇼고를 보고 마마는 슬퍼했다. 불합리하게 취급당한 초등학생에게 멋대로 변명을 강요하는 어른들의 모습이 초라하게 느껴졌기 때문이다.

"어린이는 실수하면서 성장하는 거야. 실수를 모르는 아이는 어른이 될 수 없어. 쇼고야, 전혀 창피한 일이 아냐. 더 많이 실수해, 내가 지켜봐 줄게."

그렇게 말한 후에도 마마는 불만스러운 듯이 계속 중얼거렸다.

"너무 하잖아. 학교는 가르치는 곳인데. 정말이지, 어휴."

마마가 투덜대는 소리를 듣자 쇼고는 마음속에 담아 두었던 야스유키에 관한 사건이 먼 과거의 일처럼 느껴졌다. 마음의 무게가 가벼워지는 것 같았다.

쇼고는 우산 밖으로 오른손을 내밀어보았다.

어느 새 비는 그쳐 있었다.

"마마는 왜 위탁모를 할 생각을 했어요?"

좀 더 우산 속에 있고 싶다는 생각을 하면서 쇼고는 마마에게 물었다.

"글쎄, 보물찾기를 좋아해서일 거야."

그렇게 말하고 마마는 뭔가 기분 좋은 일이 생각난 듯 환하게 웃었다.

"아까 말이지, 호쿠토가 예뻐, 예뻐 하면서 내 손을 잡아끄는 거야. 그래서 가봤더니 비에 젖은 거미줄이 반짝반짝 빛을 내며 흔들리고 있었어. 그게 어찌나 예쁘던지 감동했다니까."

미소를 짓는 마마의 눈가에 가는 주름이 잡혔다.

"혼자라면 그냥 지나쳐 버렸을 것들을 누군가와 함께라면 다 찾을 수 있어. 특히 어린이는 보물찾기 명수지. 많은 감동을 주어서 몸 둘 바를 모를 정도야."

후후후, 하고 마마는 웃었다. 웃는 얼굴로 쇼고를 보았다.

"그리고 또 하나 그럴 듯한 이유가 있어."

마마는 부끄러운 듯이 어깨를 으쓱했다.

"강 아저씨가 물의 순환에 대한 이야기를 했지? 사람의 마음도 순환한다고 나는 생각해. 태어나고, 사랑 받고, 마음이 커지고, 어른이 되지. 하지만 어떤 사정으로 사랑을 받지 못하는 아

이도 있어. 어른의 사정으로 그 순환을 망가뜨렸다면 다시 그것을 제대로 이루어지게 해주는 것이 우리 어른의 책임이다, 하는 생각을 했어."

마마는 등을 펴고 밤하늘을 올려다보았다.

"젊었을 때 시청에서 불우한 가정의 아이들을 돌보는 일을 했어. 부모의 학대로 상처받은 아이들을 많이 봤지. 그래서 좀 더 시간을 갖고 아이들을 대하고 싶었어. 그것이 계기였어."

하늘에는 별이 반짝이고 있었다.

"어머, 비가 그쳤네."

마마는 천천히 우산을 접었다.

앞으로 모퉁이를 두 번만 돌아가면 쇼고의 집이다. 대문의 동그란 등이 보일 것이다.

"뭐라고 감사의 말을 해야 할지 모르겠어요. 저도 보물을 많이 찾은 것 같은 기분이 들어요. 무거웠던 마음도 거짓말처럼 가벼워졌어요."

쇼고는 마마를 올려다보면서 말했다.

"그렇게 말하니 저도 기뻐요. 그런데 그 보물을 조금만 누군가에게 나눠주고 싶다는 생각은 안 드나요?"

마마는 쇼고의 말투를 흉내 내며 정중하게 물었다. 웃으면서 마마는 쇼고의 손에 메모지를 한 장 쥐어 주었다.

"야스유키의 메일 주소야. 보물찾기는 친구가 많을수록 재미있지. 한번 같이하자고 해보는 게 어떨까?"

너무 놀라서 쇼고는 말이 나오지 않았다. 마마의 정체는 마녀일지도 모른다고 생각했을 정도였다.

"어떻게 야스유키의 메일 주소를 알고 있어요?"

"비ㅡ밀."

마마는 집게손가락을 입에 갖다 대고 웃었다.

"그런데 야스유키가 받아줄까요?"

걱정하는 쇼고에게 마마는 말했다.

"확실한 것은 말이지, 보내지 않으면 영원히 받지 못한다는 거야."

"그야 당연하죠."

쇼고는 풋, 하고 웃었다. 환한 웃음이었다.

"고맙습니다. 여기부터는 혼자 가도 돼요."

쇼고는 고개를 숙여 인사하고 집 쪽으로 뛰어갔다.

늦은 밤 쇼고는 컴퓨터를 켰다.

야스유키에게.

이 주소, 마음씨 착한 마녀가 가르쳐줬어.

잘 있었니?

겁쟁이 여우는 그럭저럭 지내고 있어.

좋은 친구들도 생겼어. 그 중에서도 가메는 정말 웃겨.

물의 순환이라는 것을 알고 있니?

논에 들어간 적 있어?

쓰고 싶은 말이 너무 많아서 무얼 써야 할지 모를 정도야.

내 이야기에 흥미가 있다면 답 메일 보내 줘.

진짜 재미있는 이야기를 하나씩 차례로 말해줄게.

쇼고는 내용을 다시 한 번 읽어보았다. 자신의 마음을 전하는 말을 빼먹은 것을 알았다.

네가 메일을 보내주었으면 좋겠어. 답장, 꼭 부탁한다.

그렇게 덧붙여 쓴 후 '보내기'를 클릭했다.

야스유키한테서 답장이 도착한 것은 그로부터 1주일 후였다.

쇼고는 두근거리는 마음으로 메일을 열었다.

여우에게.

답장이 늦어서 미안해. 감기에 걸려서 꼼짝도 못했어.

무서운 엄마가 컴퓨터도 켜지 못하게 해서

여우가 보낸 메일도 확인하지 못했어.

그쪽 생활은 즐거운 것 같구나.

여우가 걱정이 되었는데, 안심이야.

도시에 사는 쥐는 너무 따분해서 재미있는 이야기는 대 환영

이야.

또 메일 보내 줘.

추신

마녀는 역에서 나를 도와주고, 그리고 병문안까지 와 줬어. 그

때부터 내 소중한 친구가 되었지.

쇼고는 너무 기뻐서 메일을 몇 번이나 반복해 읽었다. 뚫어지

게 화면을 보고 있자니 야스유키의 웃는 얼굴이 아른거렸다.

"그랬구나, 감기에 걸렸구나. 이젠 괜찮은 거야? 나보다 네 몸

걱정이나 해."

화면을 향해 쇼고는 혼잣말을 하며 웃었다.

도시에 사는 쥐에게.

네 답장을 목이 빠지게 기다리고 있었어.

컴퓨터의 자판을 치면서 쇼고는 마음속으로 야스유키에게 말했다.

─ 나는 너와 진정한 친구가 되고 싶어. 그래서 너에 대해 많은 것을 알고 싶어. 지금 어떤 생각을 하는지, 감명 깊게 읽은 책은 어떤 건지, 개구리에게도 마음이 있다고 생각하는지, 어떤 여자애를 좋아하는지…….

서로를 아는 것이 진짜 친구가 되기 위한 첫걸음이라면 야스유키와의 우정은 오늘 지금 이 순간부터 시작된 것이라고 쇼고는 생각했다.

희망의 빛

2학기가 시작되자 아유의 마음은 커다란 납덩이를 담고 있는 것처럼 무거워졌다.

최종적인 진로 지원서를 제출해야만 하는데 아직 마리와 신지에게 자신의 희망을 말하지 못했기 때문이다.

침대에 누워서 아유는 시디를 틀었다. 음악에 귀를 기울였다. 전자 기타 소리가 초조한 마음을 부드럽게 달래주었다.

담임선생님에게 지원 학교를 말해보았다.

－ 농담이지? 우선 아버지와 어머니가 찬성하겠니?

그렇게 웃으며 말했다. 예상했던 대로의 반응이었다.

－ 하지만 제 진로니까.

아유는 버텄다.

– 너에 대해 가장 잘 이해하고 있는 것은 어머니일 거야. 잘 알고 있기 때문에 네 장래에 대해 가장 올바른 판단을 해주실 거다. 부모라면 누구나 그렇지. 부모님과 잘 상담한 후에 다음 주에 제출해.

선생님은 타이르듯이 근엄한 얼굴로 말했다.

선생님은 아무 것도 몰라, 하고 아유는 생각했다.

"자식의 장래를 제대로 생각할 수 있는 부모가 얼마나 된다고. 왜 부모의 의견만 존중하는 거야. 나에 대해 이 세상에서 제일 이해 못하고 있는 것이 엄마일지도 모르는 데 말이야."

멜로디에 맞춰 아유는 혼자 중얼거렸다. 몸을 돌려 눕자 눈앞에 쇼고가 서 있었다.

"노크했는데, 못 들었어?"

놀라는 아유에게 미안한 듯이 쇼고가 말했다.

"아빠랑 엄마가 할 얘기 있다고 내려오래."

아유는 일어나 휴우, 하고 크게 한숨을 내쉬었다.

"쇼고, 누나의 장래에 대해서 넌 어떻게 생각하니? 자신이 찾은 희망의 빛을 목표로 해야 하느냐, 아니면 엄마가 걸었던 길을 따라 착한 딸을 연기해야 하느냐, 그것이 문제로다."

아유는 연극배우처럼 말하고는 베개 옆에 있던 토끼 인형을 쇼고에게 휙 던졌다. 쇼고는 가슴으로 인형을 정확히 받으면서 주저하지 않고 말했다.

"나라면 당연히 희망의 빛이지."

의외의 대답이었다. 아유가 알고 있는 쇼고는 분명 난 잘 모르겠어, 하며 난처한 표정을 지었을 것이다.

아유는 쇼고의 얼굴을 물끄러미 쳐다보았다. 불안하게 사람의 얼굴빛을 살피는 겁쟁이 동생의 모습은 어디에도 없었다. 확실하게 자기 생각을 갖고 있는 얼굴이었다.

"뭐야, 기분 나쁘게. 그렇게 말똥말똥 쳐다보지 마."

쇼고는 겸연쩍은 듯이 웃으며 말했다. 아유는 자신의 고민을 동생에게 말해 보기로 했다.

"그럼 소년이여, 한 가지 물어보세."

아유는 침대 위에 책상다리를 하고 앉았다.

아유의 이야기가 길어질 것 같자 쇼고는 토끼 인형을 안은 채 의자에 앉았다.

"A라는 아이는 꽃을 키우는 것을 좋아했어. 장래에 꽃과 관계되는 일을 하고 싶다고 생각했지. 어느 날 B라는 아이와 친구가 됐어. B는 A가 키운 채소와 꽃으로 맛있는 요리를 만들고 싶다고 했어."

쇼고는 비슷한 이야기를 어딘가에서 들은 것 같은 기분이 들었다.

"좋을 것 같다, 괜찮겠어. A는 아주 기뻐했어."

아유는 연극에서처럼 과장되게 몸짓을 하며 말했다. 쇼고는 키득키득 웃었다.

"크면 레스토랑을 열기로 둘은 약속했어. 외롭던 A의 마음에 희망의 빛이 켜졌지. A는 기운을 냈어. 꽃에 대해 좀 더 열심히 공부하자, 그런 공부를 할 수 있는 학교에 진학하자 하고 결심했지."

틀어놓은 음악을 배경으로 마치 책을 읽는 것처럼 아유는 거침없이 말했다. 쇼고는 감동해 누나의 이야기를 듣고 있었다.

"하지만 꽃의 소리를 들은 적이 없는 어른들은 말 같지도 않다고 생각해. A의 희망의 빛을 끄려는 듯이 가로막아. 자, 과연 A는 어떻게 해야 할까?"

아유는 고개를 갸웃하며 양팔을 크게 벌렸다. 쇼고의 대답을 재촉하듯이 말했다.

"자, 소년이여 어떻게 해야 한다고 생각하지?"

품에 안고 있던 토끼의 머리를 쓰다듬으면서 쇼고는 진지한 얼굴로 말했다.

"A는 누나고, B는 메이 누나지?"

아유는 눈을 동그랗게 뜨고 숨을 죽였다.

"어떻게 그걸 알아?"

작게 소리쳤다.

"메이 누나가 내 친구 누나야. 10년 후에 레스토랑을 열 거라고 진지하게 말하더라. 믿을 수 있는 친구랑 같이 말이야. 설마 그게 누나일 줄은 몰랐지만."

쇼고는 메이의 말을 선명하게 기억하고 있었다. '그 애도 힘든 일이 많았어요.' 하고 메이는 말했다. 누나가 힘들게 보냈던 날들을 자신은 전혀 모르고 있었다. 쇼고는 마음이 아팠다.

"누나, 희망의 빛을 잃으면 안 돼."

시디의 곡이 바뀌고 첼로와 기타의 경쾌한 음악이 흘렀다. 아유는 곡에 맞춰 몸을 흔들었다. 곡의 클라이맥스 부분에서 힘차게 침대에서 일어났다.

"좋아, 결정했어."

"이 학교 교복이 제일 귀엽지 않아요? 앙리 디자인이래요."

마리는 유명한 디자이너 브랜드의 이름을 말했다.

"교복 디자인도 좋지만 알맹이가 문제지. 이쪽은 어때. 영어와 프랑스어, 두 나라 국어를 가르쳐. 넘버원이라는 기업에 취직하려면 두 나라의 언어는 할 수 있어야 하잖아?"

신지가 말했다. 둘은 이마를 대고 두꺼운 고등학교 소개 안내

책자를 열심히 보고 있다.

아유는 넌더리가 났다.

– 왜 이러는 걸까. 나의 장래, 나의 희망. 내가 갈 학교. 아빠
도 엄마도 그것을 잊고 있어.

고개를 숙이고 아유는 입술을 깨물었다. 신지가 안달이 난 듯
이 말했다.

"아유, 네 일이다. 진지하게 생각해."

"그래. 구체적인 학교의 이름을 말해야 하는데 넌 왜 그렇게
느긋하니."

신지의 초조함을 부추기듯이 마리가 톡 쏘아붙였다.

"난 종합고등학교의 원예과나 상업고등학교에 가고 싶어요."

아유가 말했다.

"또 그 소리. 농담은 이제 안 돼."

마리는 아유의 말에 코웃음을 쳤다.

"농담 아니에요. 농업을 배우고 싶어요."

"그런 답답한 소리 마. 네가 그런 것을 왜 배워? 네 성적을 보
고 생각해. 그게 상식이야, 안 그래?"

동의를 구하는 듯이 신지는 마리를 보았다.

"당연하죠. 승부는 이제부턴데 벌써 낮게 시작하면 어떡해.
너 혹시 공부하기 싫어서 도망치는 거 아냐?"

마리의 어투는 점점 험악해졌다.

"수준이다 성적이다 그런 것 다 소용없어요. 난 흙과 식물을 다룰 수 있는 일을 하고 싶은 것뿐이에요."

그렇게 말하면서 아유는 이 두 사람에게는 절대로 통하지 않을 거야, 하고 불안해졌다. 거리를 두고 앉아 있던 쇼고에게로 시선을 돌리자 쇼고는 미소를 지어 보였다. 쇼고의 미소를 보니 신기하게도 용기가 났다.

"나 더 이상 도망치는 거 싫어."

마리와 신지를 향해 아유는 말했다.

"초등학교 3학년 때 나, 아이들한테 왕따 당했잖아요. 엄마에게 말했더니 바로 전학시켰던 거 기억해요?"

무언가 말을 하려는 마리를 아유는 손으로 막았다.

"나 전학 갈 생각 전혀 없었어. 응원해주는 친구도 있었고. 다만 어떻게 싸워야 할지 몰랐기 때문에 그걸 엄마가 가르쳐줬으면 했던 거예요. 그런데 아빠와 엄마는 내게 아무것도 묻지 않고 전학 수속을 했어. 그건 도망치는 게 되지 않아?"

아유는 덤비는 듯한 눈으로 마리의 얼굴을 보았다.

"내가 전학 간 것 때문에 나를 응원해주었던 친구들은 배신당했다고 생각했어. 날 왕따 시켰던 아이들은 선생님에게 심하게 야단맞고 날 미워하고 원망했어. 난 모두의 공동의 적이 된 거야. 실컷 고자질하고 나만 도망갔으니까."

홍분을 가라앉히면서 아유는 말했다.

"3학년이야, 아직 어린애잖아, 배신당했다니, 그런 걸 어떻게 아니? 네 지나친 생각이야."

마리가 강하게 부정했다. 그러나 아유는 고개를 가로 저었다.

"확실하게 끝을 보지 않았잖아. 줄곧 질질 끌려 다닌 채 학년만 올라갔어. 증오는 언젠가 폭발해. 그래서 어떻게 됐을 것 같아?"

신지는 눈도 깜박이지 않고 아유를 뚫어지게 보고 있었다.

"내가 전학 간 후 나랑 친했던 애가 나 대신 희생양이 됐어. 6학년 때 아이들의 왕따 때문에 상처를 입어서 계속 학교에 나가지 않았어. 결국 중학교에도 가지 않았단 말이야."

아유의 목소리가 떨리기 시작했다.

"그래서 엄마가 그렇게 사립 중학교에 가라고 그랬잖아! 그걸 네가 굳이 지역 중학교에 간다고 우겼잖니."

큰소리를 내는 마리를 보고 쇼고가 막고 나섰다.

"엄마 가만. 누나 이야기를 끝까지 들어봐요."

"난 도망친 내 자신을 용서할 수 없었어. 그래서 사립이 아닌 모두가 있는 중학교에 가야 한다고 생각했어. 일부러 소용돌이 속으로 뛰어든 거야. 그렇게 하지 않으면 친구들에게 너무 미안하잖아. 하지만 역시 힘들었어."

양손으로 얼굴을 감싸며 아유가 말했다. 처음 알게 된 아유의 고통에 신지는 할 말을 잃었다. 마리의 정보를 기준으로 해서 냉정하게 판단한 것이라고 생각했다. 그런데 그것이 큰 실수였다. 아유의 마음은 둔 채 몸만 끌고 나왔던 것이라는 사실을 신지는 이제야 깨달았다.

"너, 혼자 감당했던 거야? 왜 아빠나 엄마한테 말해주지 않았어?"

길게 한숨을 내쉬며 신지가 말했다.

"아빠와 엄마의 생각이 달랐다면 누군가에게 말했을지도 몰라요. 하지만 늘 같은 의견이잖아. 둘이 같이 몰아대면 나와 쇼고는 비집고 들어갈 수가 없어. 아무 말도 할 수 없다고요."

아유는 눈물을 글썽대며 신지에게 호소했다.

"그나마 원예부에서 흙과 풀을 만지고 느끼는 것으로 버틸 수 있었어. 꽃을 키우는 것이 좋아. 부탁이야, 아빠, 흙에 대해, 꽃에 대해 공부하게 해줘요. 엄마, 부탁이야."

팔짱을 끼고 신지는 심각한 얼굴로 생각을 했다.

"반드시 후회할 거야, 너 같은 애 어떻게 되든 난 몰라."

눈 꼬리를 치켜뜨며 마리가 말했다.

"그런 식으로 말하지 마."

평소와 다르게 신지가 마리를 윽박질렀다.

"아이들의 세계도 나름대로 어려운 거야."

"네, 아빠와 엄마가 모르는 곳에서 나도 쇼고도 싸우고 있어요. 우리도 나름대로 필사적이에요."

아유가 웃으며 말했다. 신지는 아유와 쇼고의 얼굴을 번갈아 보더니 고개를 끄덕였다.

"알겠다. 아빠는 찬성이야. 하지만 이번 선택은 네 스스로 한 것이라는 사실을 잊어서는 안 돼."

미소를 지으며 신지가 말했다.

"잠깐, 무슨 말을 하는 거예요. 아무튼 뭐든 저렇게 빠르다니까. 나는 반대야. 절대 반대. 뭐예요, 자기 혼자만 좋은 사람처럼!"

마리는 화를 내며 일어나 요란스럽게 방을 나갔다.

"처음으로 아빠와 엄마의 의견이 갈라졌다!"

쇼고는 장난스럽게 눈썹을 올리며 쓴웃음을 짓고 있는 신지를 보았다.

"고마워요, 아빠. 사실 이해해 줄 거라고는 생각하지 못했어요. 역시 말하길 잘했어요."

이제야 마음이 놓인 듯 아유는 어깨의 힘을 빼며 웃었다.

"녀석들, 어느새 많이 컸구나. 엄마도 분명 이해해 줄 거야."

신지는 머리를 긁적이며 환하게 웃었다.

창 밖으로 바람이 느껴졌다.
계절이 빠른 걸음으로 지나가는 소리가 났다.

겁쟁이 토끼들

6학년 가을, 소마는 태어나 처음으로 고속 기차를 탔다.

구름 한 점 없이 맑은 가을 아침이었다.

소마 옆에는 쇼고가, 통로 건너편 좌석에는 치리와 야스유키가 앉아 있었다. 짧게 잘랐던 치리의 머리는 어느새 길게 자라 어깨 근처에서 살랑살랑 흔들리고 있고, 입고 있었던 커다란 티셔츠와 중학생 사이즈의 청바지는 지금은 옷장 속에 추억과 함께 잠자고 있다.

치리는 슬픈 현실을 조금씩 받아들일 수 있게 되었다. 굳게 닫았던 마음의 문을 이숩과 쇼고가 따뜻한 마음으로 계속 두드려 주었기 때문이라고 치리는 생각했다. 둘에 대한 깊은 우정을 느끼고 있었다.

기차는 역들을 뒤로하면서 빠른 속도로 미끄러지듯이 달렸다.

오카야마로의 여행은 소마의 과거와 미래를 잇는 중요한 계기가 될 것이다. 치리와 쇼고와 야스유키는 힘겨워하는 쇼고에게 조금이라도 힘이 되어주고 싶었다. 가족의 허락을 얻기 위해서 근 한 달 동안 이 여행의 준비를 해왔다.

"야스유키, 넌 못 올 거라고 생각했는데 어떻게 허락 받았어?"

쇼고가 통로를 사이에 두고 야스유키에게 말을 걸었다.

"자주 문자 메시지를 보내는 걸 조건으로 겨우 허락 받았어. 정말 잔소리 심해. 이봐, 우리 엄마 한 시간마다 문자 보내잖아."

최신형 휴대전화를 가리키며 야스유키가 퉁명스럽게 말했다.

"우와, 대단하다. 엄마랑 너랑 러브러브구나."

휴대전화를 들여다본 치리가 놀렸다.

"아냐. 내가 늘 아프니까 엄마가 걱정돼서 그러는 거야."

야스유키의 얼굴이 빨개졌다. 쇼고의 메일에 치리가 등장하고부터 야스유키는 치리의 팬이 되었다. 치리를 만나고 싶어서 강의 봉사단에도 가입했다.

"어머, 또야. 불쌍해라."

치리가 작게 소리를 질렀다. 야스유키가 보자 치리는 차내의

전광게시판을 가리켰다.

〈…사망한 건에 대해서는 아동 학대가 의심, 경찰이 수사에 착수했다…〉

차량 문 위에 있는 작은 게시판에 '오늘의 뉴스'가 흐르고 있었다. 치리는 입술을 깨물며 억울한 듯이 글자를 노려보았다. 곁눈으로 치리를 보고 있던 야스유키는 자신 안에서 변화가 일어나는 것을 느꼈다.

"난 뉴스는 지식을 얻기 위해 있는 거라고 생각했어. 그래서 저 게시판처럼 쓱 하고 머릿속을 지나가 버리는 것이 많았지."

그것이 요즘에는 사망, 학대라는 글자가 야스유키의 마음속까지 깊이 전해졌다. 신기해, 하고 야스유키는 가슴에 손을 대고 치리를 보았다.

"저 짧은 말 속에 슬픔과 고통이 있다는 것이 느껴져. 이런 건 나 처음이야."

치리는 어이없다는 표정을 하고 야스유키를 쳐다보았다.

"그거 잘 됐다, 일찍 깨달아서."

치리는 쌀쌀맞게 말했다. 야스유키는 할 말이 없어서 고개를 끄덕이기만 했다.

옆으로 상행 열차가 지나가자 순간 차내가 흔들렸다.

소마는 입을 다물고 창 밖을 보고 있었다.

신요코하마 역에서부터 줄곧 그렇게 창 밖만 보고 있었다.

"이솝, 괜찮니?"

걱정이 되어 쇼고가 묻자 소마는 심각한 얼굴로 말했다.

"꼭 배에 구멍이 난 것처럼 기분 나빠."

배를 누르면서 얼굴을 찌푸렸다.

"잠깐 화장실에 갔다 올게."

소마는 자리에서 일어나 화장실로 갔다.

"꽤 긴장되나 봐."

치리는 몸을 펴고 소마의 뒷모습을 보며 말했다.

"7년 만에 아버지를 만나는 거잖아. 무리도 아냐."

쇼고가 말했다.

"왜? 기쁠 것 같은데."

동의를 구하듯이 야스유키는 치리를 보았다.

"넌 너무 좋게만 생각해. 아직 인생 공부 더 해야겠어."

그렇게 말하고 치리는 웃었다.

"가메 아저씨는 우리가 생각하는 보통 아빠가 아냐. 다섯 살된 이솝을 버렸고, 엄마와 동생을 잃은 죄까지 소마에게 뒤집어씌웠어. 이솝도 조금만 늦게 발견되었다면 죽었을 상황이었는데 말야……."

치리는 콧물을 훌쩍였다.

"그런 상대를 만나는 건데 기쁠 거란 생각이 들까? 정말 못 믿겠어, 저 센스. 도대체 어디가 천재야, IQ 검사 그거 잘못 된 거 아냐?"

치리는 큰 소리로 중얼거렸다. 야스유키는 휴우, 하고 어깨를 떨구었다.

지난 달 초, 마마 집으로 야채가 잔뜩 든 박스가 배달되었다.

보내는 사람의 이름은 '이소다 가나메' 라고 쓰여 있었다. 7년 동안 행방을 몰랐던 소마의 아버지가 보낸 것이었다.

박스 안에는 야채와 함께 소마의 이름이 쓰인 봉투가 하나 있었다. 거기에는 '한번 놀러오지 않겠니?' 라는 말과 함께 차비와 지도가 들어 있었다.

소마는 혼란스러웠다. 기대와 악몽이 번갈아 소마의 마음을 덮쳤다.

— 어떻게 해야 하지.

고민 끝에 소마는 쇼고와 치리에게 상의했다. 쇼고는 주저하지 않고 말했다.

— 가메 아저씨를 만나러 가자. 네가 얼마나 힘들어하고 있는지 가르쳐 주자. 질질 끌지 말고 대화를 하는 거야.

치리는 소마의 아버지가 보낸 지도를 보고 소리쳤다.

－ 오카야마에 사는 우리 할아버지네랑 가깝잖아. 나도 갈래. 여러 번 갔던 곳이라 내가 안내할 수 있어. 다 같이 할아버지네서 자면 돼.

그 자리에 있던 야스유키도 어영부영 같이 가게 되었다.

"우리들만으로 이솝에게 힘이 될까?"

하얘진 소마의 얼굴을 보자 쇼고는 걱정이 되었다.

"그런 약한 소리 하지 마. 오카야마에 가면 우리 할아버지도 있으니까 걱정 없어."

치리가 말했다.

창 밖의 풍경을 즐길 여유도 없이 네 명은 오카야마 역에 도착했다. 오카야마 역에서 급행기차로 갈아타고 치리의 할아버지 집으로 향했다.

역에는 마중 나온 할아버지가 기다리고 있었다.

밤바람이 차가웠다.

치리는 방으로 들어가 배낭에서 카디건을 꺼내 어깨에 걸치고 아이들이 있는 툇마루로 나왔다.

금방이라도 별이 쏟아질 것 같은 밤하늘을 올려다보며 소마가 말했다.

"나, 그냥 돌아갈까?"

"네가 그렇게 하고 싶다면 그래도 돼."

대답하는 쇼고의 옆얼굴에 별빛이 비친다.

"정말 한심해. 나 만나는 게 무서워."

부들부들 입술을 떨며 소마가 말했다.

"이솝우화에 겁쟁이 토끼라는 이야기가 있는데 아니?"

세 사람의 얼굴을 차례로 보면서 야스유키가 말했다. 추위를 잘 타는 야스유키는 잠옷 위에 스웨터를 입고 있었다. 세 사람은 똑같이 고개를 가로 저었다.

"겁쟁이 토끼들은 매일 두려움에 떨며 살고 있었어. 바람이 불 때마다 사자 뒤에서 떨고, 비가 내릴 때마다 여우 뒤에서 떨고, 살 기분이 나지 않았지. 어느 날, 더 이상 이렇게 떨며 사는 것은 싫다, 차라리 연못에 빠져 죽어버리자, 하고……."

쇼고와 치리는 힐끗 소마를 보며 표정을 살폈다.

"그 토끼, 우리 엄마네."

소마는 그렇게 말하고 슬프게 웃었다. 야스유키는 깜짝 놀라 입을 막았다.

"토끼는 죽었니?"

소마가 묻자 야스유키는 다시 이야기를 시작했다.

"토끼들은 연못을 향해 일제히 뛰기 시작했어. 그러자 연못 근처에 있던 개구리들이 놀라서 토끼보다 먼저 풍덩, 하고 연못으로 뛰어들었지."

"개구리는 연못으로 뛰어 들어도 죽지 않아."

안심한 듯이 소마는 웃어 보였다.

"그것을 보고 대장 토끼가 말했어. '성급하게 생각하지 말자, 세상에는 우리 발소리에 놀라는 것들도 있다. 가엾은 개구리보다 우리가 훨씬 낫다' 그러자, 그 말이 맞다, 하고 토끼들은 생각을 바꾸고 산으로 돌아갔어."

열심히 야스유키의 이야기를 듣고 있던 소마가 안심한 듯 부드러운 표정을 지었다.

바람이 소리를 내며 지나갔다.

하늘의 별은 조용히 빛나고 있었다.

"이대로 가메 아저씨와 만나지 않고 돌아간다면 이솝과 가메 아저씨는 이야기 속의 토끼와 개구리처럼 되지 않을까?"

소마를 의식하면서 야스유키는 조심스럽게 말했다.

"나와 쇼고가 그랬던 것처럼."

야스유키는 쇼고를 쳐다보며 말했다.

"토끼와 개구리라. 그럴지도 모르지."

쇼고는 말하면서 자신의 실수를 떠올렸다.

쇼고는 가에데에서의 사건을 처음으로 치리와 소마에게 이야기했다. 야스유키에 대한 일부터 스커트 사건까지 전부.

쇼고의 이야기가 끝나는 것을 기다리고 있다가 야스유키가 말했다.

"나는 스스로도 머리가 좋다고 우쭐해 있었어. 그래서 다친 것보다 사태를 예측하지 못했던 것에 더 충격을 받았지. 왜 타로의 행동을 예측하고 막지 못했을까 하고, 내 분석력에 자신을 잃었던 거야."

야스유키의 그런 말은 쇼고도 처음 듣는 것이었다.

"그리고 쇼고가 나를 싫어할 거라고 생각했어. 잘난 척만 하고 아무것도 할 수 없는 녀석이라고 경멸할 거라 생각했어. 그래서 많이 우울했지."

그렇지 않아, 하고 쇼고가 말했다.

"그런 생각을 한 건 나야. 다친 너를 그대로 두고 도망쳤으니까 분명 나를 경멸할 거라고……."

야스유키는 환하게 웃는 얼굴로 쇼고를 보았다.

"메일을 읽었을 때 내가 얼마나 기뻤는지 말 안 했지? 마음속의 안개가 싹 걷힌 그런 느낌이었어."

"나도 그래. 네 답메일을 읽고 이제야 용서받았구나, 하고 생각했어."

둘은 서로를 보며 웃었다.

"토끼와 개구리라. 야스유키, 너 천재 맞다, 얘. 별 걸 다 알고 있어."

치리는 솔직하게 말했다. 부끄러워하면서 야스유키가 말했다.

"모른다는 건 불안하고 무서운 거야. 사람의 마음도 모르니까 괜히 무서운 것이 아닐까? 하지만 상처를 준 것은 가메 아저씨니까 이솝은 당당하게 있으면 돼. 만나지 않으면 시간이 흘러도 서로를 모르기 때문에 무서움도 사라지지 않을 거야."

야스유키의 말을 소마는 고개를 끄덕이면서 듣고 있었다. 맞아, 하면서 갑자기 쇼고가 말을 했다.

"내가 야스유키에게 메일을 보낼까 어쩔까 망설였을 때, 마마가 이런 말을 해줬어. 확실한 것은 보내지 않으면 영원히 받을 수 없다고."

치리는 탁, 하고 손뼉을 쳤다.

"그 말이 맞다. 이솝하고 가메 아저씨도 만나지 않으면 영원히 서로의 기분을 전하지 못하는 거야."

대답을 구하듯이 치리는 소마를 보았다. 소마는 등을 구부리고 골똘히 생각했다.

생각하는 소마에게 방해가 되지 않게 야스유키는 작은 소리로 말했다.

"그런데 타로 많이 변했어."

"쇼고를 괴롭혔던 애?"

치리는 미간을 찌푸리며 무서운 표정을 지었다. 고개를 끄덕이며 쇼고가 웃었다.

"고데라 선생님이 많이 도와주셔. 아, 너한테 메일을 보내고 싶대. 주소, 타로에게 가르쳐줘도 되니?"

야스유키가 물었다.

"응. 어떤 메일을 보낼지 기대되는걸."

쇼고는 기쁜 듯이 대답했다.

"잠깐 기다려. 그렇게 간단히 용서하는 거야? 타로라는 애, 나쁜 녀석이잖아. 쇼고, 소마 너희 둘 다 그런 꼴을 당하고서는 벌써 잊은 거야? 아, 믿을 수 없어, 정말."

치리는 억울해하며 입술을 뾰족 내밀었다.

"우리는 아직 어리잖아. 실수할 수 있어. 그걸 깨닫고 용서하면 그것으로 되는 거 아냐?"

부드러운 어투로 쇼고가 말했다.

"그래. 타로가 우리에게 보였던 비겁함이 나에게도 있구나, 하고 생각될 때가 있어."

그렇게 말하고 야스유키는 크게 고개를 끄덕였다.

조용히 가을밤이 깊어갔다.

"나, 아빠 만나러 갈 거야."

갑자기 소마가 말했다. 목소리에서 굳은 결의가 느껴졌다.

다음날 아침, 네 사람은 치리의 할아버지가 모는 차를 타고 소마 아버지가 사는 무지개 마을로 향했다.

좁은 산길을 계속해서 올라가자 불안해진 치리가 물었다.

"할아버지, 길 틀린 것 아니에요?"

"조금만 더 가면 마을이 나오니까 걱정 마라."

할아버지는 웃으면서 말했다.

"그곳 마을 사무소에 아는 사람이 있어 물어보니까, 병에 걸린 아줌마를 돌보는 남자가 있다던데 그 사람일지도 모르겠구나."

"그럴지도 모르겠다."

치리가 흥분해서 말했다.

"5년 전쯤에 마을에 나타나서 살기 시작했다는데, 노인들이 많이 사는 곳이라서 지금은 마을에 그 사람이 없으면 일이 안될 정도래. 성실하고 마음씀씀이가 곱다며 그 사무소 사람도 어찌나 칭찬을 하던지."

울퉁불퉁한 길 때문에 차가 흔들릴 때마다 할아버지의 목소리도 따라서 흔들렸다.

"와아, 꼭 그 아저씨면 좋겠다."

치리는 너무 기대하지 않도록 작게 말했다.

길 양쪽에는 아름답게 단풍이 든 나무들이 줄지어 서 있었다.

자동차는 포장되지 않은 산길을 덜컹거리며 달린다. 울창한 숲의 냄새가 가득 전해온다.

"잠깐! 세워 주세요!"

뚫어지게 밖을 보고 있던 소마가 갑자기 소리쳤다.

할아버지는 서둘러 브레이크를 밟았다.

소마는 문을 열고 밖으로 튀어나갔다. 지나쳐 온 길을 되돌아 뛰어갔다. 쇼고, 치리, 야스유키도 차례로 차에서 내려 소마의 뒤를 쫓아갔다.

길 맞은편에서 커다란 짐을 지고 묵묵히 산길을 올라오는 사람이 있었다. 소마는 그 남자 앞에서 걸음을 멈췄다. 헉헉, 하고 숨을 몰아쉬고 있었다.

눈매, 콧날. 소마와 닮았다. 틀림없다. 소마는 한 눈에 확신했다. 그리움이 북받쳤다.

"소마야, 아빠……."

작은 소리로 소마의 아빠 가나메가 말했다.

가나메는 숨을 죽이고 소마를 쳐다보았다.

"만나러 왔어, 아빠 만나러……."

소마의 목소리가 떨렸다. 가나메는 꿈을 꾸는 것만 같았다. 목장갑을 낀 주먹으로 벅벅 눈을 비볐다. 몇 번이나 눈을 깜박여 확인을 했다.

"소마니? 많이 컸구나……."

가나메는 낮은 목소리로 중얼대더니 갑자기 한 걸음 뒤로 물러섰다. 조심스럽게 등의 짐을 길 한쪽에 내려놓고, 모자와 장갑을 벗었다. 그리고 그대로 바닥에 무릎을 꿇었다. 소마의 얼굴을 올려다보며 말했다.

"소마야, 용서해 줘. 이 아빠가 나빴어."

가나메는 깊이 머리를 숙였다.

"못난 아빠를 용서해 줘."

땅에 손을 대고 가나메는 소리치듯이 말했다.

"어린 네게 아빠가 너무 심한 짓을 했어……."

가나메는 울면서 소마에게 잘못을 빌었다.

"너를 만나면 제일 먼저 잘못을 빌겠다고 결심했어. 어린 네게, 도저히 사람으로서 용서받지 못할 짓을 했다……."

눈물을 얼룩진 얼굴로 가나메는 소마를 보았다.

"아빠, 울지 마. 이제 됐어."

털썩 바닥에 주저앉아 소마는 가나메의 손을 잡았다.

산에서 불어오는 바람에 나뭇잎들이 떨어진다.

폭포가 있는 걸까. 물 떨어지는 소리가 들린다.

True Friends

가을이 끝날 무렵 쇼고와 소마는 야토 산에 올랐다.

눈 아래로는 수확을 마친 논이 펼쳐졌다. 논두렁길에는 갈대가 바람에 흔들리고 있었다.

"생각보다 맛있다."

도중에 발견한 빨간 가막살나무 열매를 입에 넣고 소마가 말했다.

쇼고도 조심스럽게 한 알 씹어봤다. 새콤달콤한 히비스커스티와 비슷한 맛이 났다. 쇼고와 소마는 주위 경치가 한눈에 들어오는 벤치를 찾아 앉았다.

좁은 샛강이 논을 감싸듯이 흐르고 있다. 강 상류에는 산에서 솟아나는 맑은 물을 막아 만든 저수지가 있었다.

"그것도 먹을 거야?"

주머니칼을 꺼내 능숙하게 밤 껍질을 벗기는 소마를 보고 쇼고가 물었다.

"산에서 나는 밤은 달고 맛있어."

소마는 웃으며 말했다. 메이의 도움으로 소마는 요즘 요리를 배우고 있다. 음식에 대한 흥미는 메이를 훨씬 앞선다.

"뭐든지 혼자 할 수 있어야 해. 바느질도 마마한테 배웠어. 헤헤, 뜨개질 있잖아, 그거 꽤 재밌다."

소마는 깎은 밤을 입에 쏙 던져 넣으며 웃었다.

"뜨개질?"

되묻는 쇼고에게 소마가 대답했다.

"산에서 나는 풀이나 덩굴로 바구니를 짜는 것도 재미있을 것 같아."

"마음 정했구나."

쇼고는 갑자기 마음이 휑해졌다. 응, 하고 소마가 고개를 끄덕였다.

"졸업식 끝나면 아빠한테 갈 거야."

소마에게 더 이상의 망설임은 없었다.

언덕 주위는 나무와 풀들로 숲을 이루고 있고, 그 주위에는 밭과 과수원이 있다. 요코하마의 근대적인 건물이 솟아 있는 도시에서 그리 멀지 않은 것이 신기할 정도로 주위는 조용하고 나무가 많다.

"이제 조금 있으면 낙엽을 긁어모을 시기야."

파란 하늘을 올려다보면서 쇼고가 말했다.

"낙엽은 좋은 비료가 되니까. 아유 누나도 기뻐할걸? 지금은 어떤 채소를 키우고 있을까?"

소마가 말했다. 쇼고는 자신도 모르게 웃음이 났다. 소마와 말을 하면 모든 것이 먹을 것으로 이어진다.

겨울의 숲에는 나무들이 떨어뜨린 잎이 눈처럼 쌓여 있다.

쇼고와 소마는 봉사단의 아주머니, 아저씨들과 함께 숲 청소를 하고 낙엽을 모은다. 모은 낙엽을 1년 정도 쌓아두고 썩히면 나무와 꽃에게 좋은 비료가 된다.

자연은 순환한다. 그것을 쇼고는 이곳에 와서 실감했다.

"쇼고."

소마가 하늘을 본 채 말했다.

"나, 살아 있다는 게 기뻐."

뜻밖의 소리에 소마는 쇼고를 보았다.

"그 날 밤, 죽지 않고 살아남아서 다행이야. 아카리도 살아 있

다면 좋을 텐데. 엄만 왜 아카리를 데리고 갔을까."

소마의 목소리가 떨렸다.

"혼자만 힘든 게 아니라고, 좀 더 아빠를 야단치면 됐을걸. 마마 같은 사람에게 상담을 하던가. 어른이니까 좀 더 생각하면 좋았을 텐데. 죽는다는 게 얼마나 슬픈 건데. 그런 것도 몰랐으니, 엄마가 제일 바보야."

하늘을 보고 있는 소마의 눈에서 눈물이 주룩 흘렀다.

쇼고는 마마의 말을 떠올렸다.

– 사랑 받고, 마음이 커지고, 어른이 되지. 하지만 어떤 사정으로 사랑을 받지 못하는 아이도 있어. 어른의 사정으로 순환을 망가뜨렸다면 그것을 제대로 이루어지게 해주는 것이 우리 어른의 책임이다, 하는 생각을 했어.

자연도 사람의 마음도 순환한다. 그 순환 속에 우리의 미래가 있다.

– 마마와 호즈미 선생님 그리고 강 아저씨처럼 파괴된 순환을 바로 해주는 부드러운 손과 마음을 가진 어른이 되자.

쇼고는 속으로 그렇게 결심했다.

늦가을의 평온한 햇살이 쏟아진다.

높은 하늘에 새 소리가 울려 퍼진다.

에필로그

이 책에서는 아이들의 대화 중에 이솝이야기를 몇 가지 소개했다.

이솝우화는 고대 그리스에서 태어나 세계 여러 나라에 소개되었다. 의인화된 동물들이 펼치는 2백 편 이상의 우화에는 사람의 약한 마음과 어리석음이 거울처럼 비쳐져 있다. 여우들의 실수와 성공은 체험이 적은 어린이들의 행동이나 비판에 귀중한 조언을 줄 것이라 생각한다.

사립인 가에데 초등학교를 다니는 마음 여린 소년 다치카와 쇼고는 친구의 위협으로 선생님의 치마를 들추게 된다. 선생님의 분노는 쇼고를 퇴학이라는 극단적인 상황으로 몰고 갔다. 하

는 수 없이 지역의 공립 초등학교로 전학을 하게 된 쇼고는 이
솝이라 불리는 이소다 소마와 커다란 셔츠에 헐렁한 바지를 입
은 가시와기 치리를 만난다. 소마의 미소 뒤에는 학대에 의한
깊은 상처가, 그리고 치리의 분노 뒤에는 오빠를 잃은 아픔이 있
었다. 처음에는 모든 것에 반발했던 쇼고였지만 두 친구의 아픔
을 알게 되면서 깊은 우정을 느낀다. 폭넓은 지식의 소유자인
쓰쓰미 야스유키까지 더해, 서로 다른 성장과 환경에 있는 네 명
의 아이들은 진정한 친구(True Friends)로서 신뢰의 손을 잡는
다. 그리고 참가한 봉사 활동을 통해 지역 어른들과도 손을 잡
는다.

　쇼고의 손을 잡은 강 아저씨는 논과 강 주위의 환경 보존을 위
해 활동하면서 물의 순환의 소중함을 몸으로 가르쳐준다. 비가
내리고, 땅에 스며들고, 물이 솟아나고, 강이 되고 바다로 흐른
다. 수증기가 되어 하늘로 올라가 다시 비가 된다. 그 순환이 동
식물을 키우고, 사람과 지구를 윤택하게 한다…. 쇼고의 지식
은, 사고와 체험을 통해 풍부한 감성이 되고 살아가는 자세를 형
성한다. 쇼고의 누나인 중학 3학년생 아유는 부모의 희망과 자
신의 꿈 사이에서 고민을 하는데 쇼고의 격려로 농업을 배우는
길을 선택한다.

　소마처럼 학대와 육아방치 등으로 친부모 밑에서 살 수 없는

194

아이들은 유감스럽게도 계속 늘고 있고, 또 부모의 사망과 질병으로 가정에서 생활할 수 없는 아이도 있다. 그런 아이들에게 마마와 같은 '위탁 부모와 대안 가정'은 없어서는 안 되는 존재다.

'태어나고, 사랑 받고, 마음이 자라 어른이 된다.'라고 마마는 말한다. 그것이 사람의 '마음의 순환'이라면 어른들은 작고 힘없는 대상에게 사랑을 듬뿍 주어야 하지 않을까.

자연의 순환과 마음의 순환을 통해 아이들은 나름대로 살아갈 자세를 배우고 있다.

이 세상 모든 어린이들의 희망찬 미래를 기원한다.

이솝

초판 1쇄 인쇄 2005년 12월 23일 | 초판 1쇄 발행 2005년 12월 26일

아오키 가즈오 지음 | 홍성민 옮김

펴낸이 허경애 | **펴낸곳** 도서출판 예원미디어 | **출판등록일** 2004년 6월 16일 | **등록번호** 제313-2004-000152호
주소 서울시 마포구 서교동 469-5 정서빌딩 303호
전화 02-323-0606 | **팩스** 02-323-6729 | E-mail yewonmedia@naver.com
ISBN 89-91413-19-6 03830

*책값은 뒤표지에 표시되어 있습니다. *잘못된 책은 교환해 드립니다.